KB196950

사랑과 평화의 길,
호오포노포노

사랑과 평화의 길,
호오포노포노

마벨 카츠 지음 | 박인재 옮김

침묵의 향기

가슴 깊이 사랑하는 아들 라이오넬과 조나단에게.

나는 너희가 너무나 자랑스럽단다.

내가 그랬던 것보다 더 일찍 '가장 쉬운 길'을

찾기를 진심으로 바라며

너희를 위해 이 책을 썼다.

추천의 글

영적인 문제든 정신적인 문제든, 육체적, 재정적 혹은 물질
적인 문제든, 우리 주위에서 일어나는 모든 문제는 잠재의
식에서 반복되는 기억입니다. 그러한 기억을 더없이 완전
한 삶을 위한 영감으로 바꾸는 것이 호오포노포노의 단순
함과 아름다움입니다.

이 책에서 마벨 카츠는 호오포노포노를 통해 진정한 자
신과 자유를 발견하게 된 이야기를 펼쳐내고 있습니다. 이
책을 읽는 독자들 또한 《사랑과 평화의 길, 호오포노포노》

를 통해 진정한 자기 자신과 자유에 이르는 소중한 지혜를
발견하게 될 것입니다.

나의 평화

이하레아카라 휴 렌 박사

| 차례 |

머리말

나는 자라면서 큰 비밀을 알고 있었다. 원하는 것을 얻는 법을 알고 있었던 것이다. 하지만 내게는 또한 원하는 것을 얻으려면 열심히 노력해야 한다는, 그리고 내게 주어지는 모든 것에는 대가가 필요하며 아주 비싼 대가를 치러야 한다는 '믿음'이 있었다.

세월이 흘러 나는 물질적으로나 정서적으로 보통 사람들이 원하는 모든 것을 갖게 되었다. 새 집과 새 차, 원하는 곳으로 여행하거나 원하는 것을 살 수 있는 돈, 다정한 남편, 건강하고 멋진 두 아들. 하지만 나는 행복하지 않았다. 오히려 화를 잘 내는 사람이 되어 있었다.

어느 날, 큰아들 조나단의 마음속에도 이런 화와 분노가 있다는 것을 알게 되었다. 너무나 큰 충격이었다. 정신이 번쩍 든 나는 생각했다. "마벨, 뭔가 조치를 취해야 해. 이렇게 살 순 없어. 이젠 멈춰야 해."

그 순간부터 새로운 길을 찾는 여정이 시작되었다. 처음으로 참석한 세미나의 주제는 '분노'였다. 세미나를 이끈 사람은 빌 박사였는데, 지금도 그가 가르쳐준 것들에 깊은 감사를 느낀다. 다음에는 안나에게 요가와 시각화를 배우면서 원하는 것을 창조하고 끌어당기는 내면의 경이로운 힘을 알게 되었다. 그 뒤 친구가 준 영성 관련 책을 읽고는 무척 놀라운 변화를 경험했다. 믿기지 않을 정도의 변화였다! 그 책을 통해 나는 진실로 깨어났다. 책에는 예수에 관한 이야기가 많이 담겨 있었지만(나는 유대인이다) 그런 얘기들도 좋았다. 책 속의 메시지를 놓치고 싶지 않아서 하루에 책을 처음부터 끝까지 다 읽기도 했다. 나는 지은이가 소개한 기법들을 실습해 보았는데 정말로 효과가 있었다. 그래서 변화의 힘은 내 안에 있으며, 다른 어떤 사람이나 어떤 것에도 달려 있지 않다는 것을 다시 한 번 확신하게 되었다. "여기엔 뭔가 대단한 것이, 정말 대단한 것이 있어"라는 생각이 들었다. 가슴이 새롭게 뛰기 시작했고, 나는 이전보다 훨씬 행복한 사람이 되었다. 그리고 말로 표현할 수 없는 내면의 행복을 느꼈다. 그것은 실제로 느끼고 경험해야만 알 수 있는 행복이었다.

그 후 거듭나기(Rebirthing)[*]를 비롯해 몇 가지 길을 거친 뒤, 하와이의 전통적 문제 해결 방식인 호오포노포노(Ho'oponopono)를 알게 되었다. 이 가르침 덕분에 '삶은 쉬울 수 있다'는 것을, 내가 상상한 것보다 훨씬 쉬울 수 있다는 것을 알게 되었다. 여러 가지 여정을 거쳐 마침내 나의 길을 발견하게 된 것이다. 호오포노포노를 통해 나는 소란스러운 가운데에서도 평화로울 수 있었고, 주위에서 무슨 일이 일어나든 다른 사람들이 무얼 하고 뭐라고 말하든 상관

※ 레오나르드 오어에 의해 창안된 호흡 기법. 모든 사람은 출생의 경험을 마음속에 정신적인 쇼크로 기억하고 있다고 한다. 이 과정을 통해 과거의 충격과 잠재의식 속에서 영향을 주고 있는 기억들을 치유한다.

없이 자유로울 수 있게 되었다. 내가 이 책을 통해 지금까지 배운 모든 것을 나누고자 하는 것은 이 때문이다. 이런 기회가 주어진 데 대해 깊이 감사드린다.

'나'는 '나'입니다

'나'는 공(空)에서 나와 빛으로 들어갑니다.

'나'는 생명을 기르는 호흡입니다.

'나'는 모든 의식 너머에 있는 텅 빔, 비어 있음입니다.

'나'는 근원이며 모든 것입니다.

'나'는 바다를 가로질러 나의 무지개를 그립니다,

마음들과 물질의 연속체를.

'나'는 호흡의 들어옴과 나감이며,

보이지 않고 만질 수도 없는 산들바람이며,

규정할 수 없는 창조의 원자입니다.

'나'는 나입니다.

언젠가 나의 스승 이하레아카라 휴 렌 박사는 하와이에서
전해 내려오는 창조 이야기를 들려준 적이 있다.

신은 세상을 창조하시고 아담과 이브를 그곳에 있게 하
셨다. 그러고는 그들에게 "이곳은 낙원이니 너희는 아무것
도 걱정할 필요가 없다. 너희에게 필요한 모든 것을 주겠
다"고 약속하셨다. 또 하나의 선물을 주겠다고 하셨는데,
그것은 스스로 결정하고 선택할 기회, 즉 '자유의지'라는 선
물이었다. 신은 사과나무를 창조하신 뒤 말씀하셨다. "이

것은 '생각'이라는 나무다. 너희에게는 생각이 필요하지 않다. 나는 너희에게 모든 것을 줄 수 있다. 그러니 걱정하지 마라. 그러나 너희는 나와 함께 머무르는 것을 선택할 수도 있고, 네 생각대로 하는 것을 선택할 수도 있다."

아담과 이브는 사과를 따 먹었다. 하지만 문제는 사과를 따 먹은 것 자체가 아니었다. 스스로 책임지고 "미안합니다"라고 말하지 않은 것이 진짜 문제였다. 신이 물었을 때, 아담은 "이브가 시켜서 한 일입니다."라고 대답했다. 그리고 이 때문에 아담은 처음으로 직업을 찾아 길을 떠나야 했다. 아담과 마찬가지로 우리도 늘 사과를 먹고 있다. 우리는 항상 자신이 가장 잘 알고 있다고 생각한다. 그러면서 또 다른 길, 즉 더 쉬운 길이 있다는 것을 알지 못한다.

에크하르트 톨레는 그의 책 《지금 이 순간을 살아라(The Power of Now)》에서 다음과 같이 말한다.

"에고가 흔히 동일시하는 것들은 소유물과 직업, 사회적 지위와 평판, 지식과 교육, 외모, 개인의 경력과 가족의 내력 등입니다. ⋯⋯ 하지만 그 어느 것도 진정한 당신은 아닙니다. 이 사실이 두렵게 느껴지나요? 아니면, 알고 나니 오히려 마음이 놓이나요? 언젠가 여러분은 이 모든 것을 내놓아야 할 것입니다. …… 아무리 늦어도 죽음이 임박해 올 무렵이면 여러분은 그렇다는 것을 알게 될 것입니다. 죽음은 진정한 당신이 아닌 모든 것을 벗겨냅니다. 삶의 비밀은 '죽기 전에 죽는 것'이며, 죽음이란 존재하지 않는다는 것을 깨닫는 것입니다."

그는 또 말한다.

"하지만 좋은 소식이 있는데, 그것은 당신이 스스로 마음에서 해방될 수 있다는 것입니다."

그는 머릿속에서 항상 우리에게 얘기하는 목소리에 관해 말한다.

"그 목소리는 의견을 내고, 추측하고, 판단하고, 비교하고, 불평하고, 좋아하고, 싫어합니다. 그 목소리는 여러분이 당장 처해 있는 상황에 관해서만 말하는 것이 아닙니다. 가깝거나 먼 과거를 회상하기도 하고, 미래에 일어날 수 있는 상황을 미리 연습하거나 상상하기도 합니다."

삶은 우리 마음속에서 24시간 돌아가는 테이프나 컴퓨터 칩 같은 기억들의 반복이다. 그 기억들은 우리가 알아차리지도 못하는 사이에 우리에게 영향을 미치고 우리를 조종한다. 우리는 기억들을 피할 수는 없지만, 테이프를 멈추는 것은 선택할 수 있다.

이 책에서 사용하는 몇 가지 용어와 개념을 설명하고 싶다. 그중 다수는 하와이에서 전통적으로 내려오는 '호오포노포노(Hooponopono)'와 관련된 것들이다. 이 책의 마지막 장에서는 호오포노포노에서 사용되는 도구들에 관해 설명할 것이다.

호오포노포노는 우리의 삶에 더이상 도움이 되지 않거나 쓸모가 없는 (앞에서 말한) 컴퓨터 칩을 제거하고 테이프를 지우는 방법을 알려준다. 안개를 걷어내는 방법을 보여주는 것이다. 이런 프로그램들을 지우고 정화할 때 우리는 진정한 자기 자신을 알게 되고, 우리가 가진 힘을 발견할 수 있다. 오래된 기억들을 지우고 정화하며 없앨 때, 우리는 변화될 수 있으며 참된 자기를 경험하기 시작한다.

호오포노포노는 용서와 회개, 변형의 과정이다. 이 과정에서 어떤 도구를 사용하든, 우리는 온전한 책임을 지고 (우리 자신에게) 용서를 구하게 된다. 그리고 우리의 삶에 나타나는 것들이 우리에게 있는 '프로그램들'의 투영일 뿐이라는 것을 배우게 된다. 우리는 그런 프로그램들을 놓아주고 지켜보기를 선택할 수도 있고, 아니면 그것들에 사로잡혀 무의식적으로 반응하기를 선택할 수도 있다.

우리 모두는 내면에 지우개 혹은 삭제 버튼을 가지고 있지만 그 사용법을 잊고 있다. 호오포노포노는 정화(놓아버림)와 무의식적인 반응, 행복과 고통 사이에서 선택할 수 있는 내면의 힘을 일깨워준다. 그것은 삶의 매 순간 선택의 문제이다. 이 책에서 '정화' 혹은 '지움'이라는 말은, 우리에게 문제를 일으키는 기억과 생각을 지우는 호오포노포노의 기법들을 이용하는 것을 뜻한다.

이 책에서 나는 가끔 인디고 아이들에 관해 얘기할 것이다. 이들은 여러 지역에서 태어난 아이들로서 자신이 누구인지를 정확히 알고 있으며, 자신이 왜 여기에 있고 자신의 소명이 무엇인지를 분명히 알고 있다. 그들은 다른 인디고 아이들의 존재를 알아차리며 텔레파시를 통해 서로 소통한다. 그들에게는 영적인 재능이 있다. 그들은 우리에게 참된 사랑에 관해 얘기해 주며, 우리 자신이 바로 그 사랑이라는 것을 알려준다.

내가 신이라는 단어를 쓸 때는 종교적 맥락에서 하는 말이 아니라는 점을 분명히 밝히고 싶다. 나에게 신이란 모든 것을 아는 우리 자신의 일부분이다. 신은 규정할 수 없고, 이름도 없으며, 단지 경험될 뿐이다. 여러분은 내가 신을 사랑이라는 단어와 같은 뜻으로 쓰고 있다는 것을 알게 될 것이다. 여기에서 말하는 사랑이란 조건 없는 사랑, 모든 것을 치유할 수 있는 사랑이다. 그 사랑 안에 모든 해답이 있다.

예수의 비유도 얘기할 텐데, 그 역시 종교적인 맥락에서 말하는 것은 아니다. 그 비유를 얘기하는 목적은 과거에도 우리를 일깨우려 하고 우리에게 진리를 알리려 했던 스승들이 언제나 있었다는 것을 다시 한 번 상기시키기 위한 것이다. 예를 들어 예수는 다른 뺨을 대라고 말씀하셨지만, 우리는 오늘날까지도 그 말씀의 의미에 관해 논쟁하고 있다. 우리가 무의식적으로 반응하는 대신 정화할(놓아버릴) 때 우리는 다른 뺨, 즉 사랑의 뺨을 대고 있다. 무의식적으로 반응하는 대신 정화하는 것은 다른 뺨을 대는 것과 같다.

내가 사용하는 기본 개념들을 이렇듯 간략하게 요약하는 이유는 출발점을 분명히 하기 위해서다. 독자들이 이 책에서 우리 인간 모두의 내면에 있는 자유와 평화, 사랑을 느끼고 선택하고 체화하게 해주는 기법과 도구들, 지식의 근원을 발견하기를 소망한다.

1장

나는 누구인가?

우리 존재의 유일한 목적은
우리가 누구인지를 발견하는 것입니다.
_이하레아카라 휴 렌

어느 교수가 선승(禪僧)을 찾아왔다.

"안녕하세요. 저는 스미스 박사입니다. 저는 이러이러한 사람이며, 이러이러한 일들을 합니다. 불교에 관해 배우고 싶어서 찾아왔습니다."

선승이 대답했다.

"잠시 앉으시지요."

"예."

"차 한 잔 하시겠습니까?"

"좋습니다."

선승이 차를 따르기 시작했다. 그런데 찻잔의 차가 가득 차서 넘치는데도 멈추지를 않았다. 박사가 놀라서 외쳤다.

"잔이 넘치고 있어요. 차가 흘러내립니다!"

그러자 선승이 대답했다.

"맞습니다. 당신은 잔을 가득 채운 채로 왔고, 그 잔이 넘쳐흐르고 있습니다. 그러니 제가 당신에게 무엇을 드릴 수 있겠습니까? 당신은 이미 수많은 지식으로 넘쳐흐르고 있습니다. 당신이 비어 있고 열려 있지 않다면, 저는 아무것도 드릴 수가 없습니다."

나는 인생의 대부분을 내가 마벨이고, 아르헨티나 사람이며, 유대인이고, 아내이고, 엄마이며, 회계사이고, 그 밖의 다른 어떤 것들이라고 생각하며 살았다. 나에게 주어지는 호칭과 역할들을 나 자신으로 여기고 있었던 것이다. 내 잔은 지식으로 가득 차 있었으며, 그런 지식 때문에 나는 나 자신으로부터 점점 더 멀어지고 있었다. 나는 오직 내가 만질 수 있고 볼 수 있는 것만을 믿었다. 그래서 심오한 신비를 얘기하는 사람들을 보면 자기들도 무슨 이야기를 하는지 모르는 '제정신이 아닌 사람들'이거나 세상과 동

떨어진 '아웃사이더들'이라고 여겼다. 이런 식의 사고방식은 나에게 많은 고통을 안겨 주었다. 그러나 진정한 나는 단지 몸이 아니라 그 훨씬 이상의 존재라는 것을 알게 되었을 때, 무한한 가능성을 지닌 새로운 세계, 한계 없는 세계가 나에게 열렸다. 내 생각들이 갖는 힘을 깨달았을 때, 나는 삶의 이유와 방법을 알게 되었다.

많은 사람이 이런 한계를 지닌 채 살아간다. 우리는 이런 한계들을 느끼고는 있지만, 눈에 보이지 않기 때문에 보지는 못한다. 우리의 믿음들, 판단들, 견해들, 그리고 무엇보다 우리가 자기 자신을 어떤 무엇으로 여기는 것이 바로 이런 한계들이다. 하지만 진정한 자기 자신이 누구인지를 알고야 말겠다고 결심하는 순간, 이런 한계들이 사라지기 시작한다. 그리고 우리는 자유로운 존재이며, 언제나 그래왔다는 것을 깨닫게 된다. 이렇게 해서 우리는 스스로 만들어 낸 감옥에서 빠져나올 수 있다.

우리는 자신이 인간이라는 말을 들었고, 그 말을 믿기로 결정했다. 만일 우리 스스로 아무런 힘이 없고 자기를 지킬 수도 없는 존재라고 생각한다면, 그런 일이 우리의 삶에서 펼쳐질 수 있다. 그러나 우리는 자기 왕국의 왕이며, 우리에게는 상상하는 모든 것을 실현할 수 있는 능력이 있다. 그 모든 것은 우리 자신에게 달려 있다.

우리 모두는 신의 자녀이며 신의 형상대로 창조되었다. 우리는 창조자들이다. 우리는 어떻게 창조를 할까? 우리의 생각으로 창조한다. 그렇게 단순하다.

앞에서 나는 인디고 아이들에 대해 얘기했다. 그 아이들은 '……라고 여기는 것'이 필요하다고 말한다. "자신이 깨달았다고 여겨보세요. 자신이 신에게 사랑받는다고 여겨보세요. 자신이 있는 그대로 완전하다고 여겨보세요. 지금 깊이 호흡을 하고, 자신이 진실한 존재라고 여겨보세요. 그러면 모든 것이 이해될 것입니다. 어떤 것을 실제로 그렇다고 여기게 되면, 그 경험이 당신의 삶에 저절로 들어오게 됩니다."

나는 누구인가? 이것이 우리가 살면서 물어야 할 유일한 질문이다. 우리 존재의 목적은 자신이 진정 누구이며 무엇인지를 발견하는 것이다. 이것이 우리의 유일한 고민이 되어야 하며, 유일한 목표가 되어야 한다. 자신이 진정 누구인지를 깨닫는 것보다 더 중요한 일은 아무것도 없다.

이제 나는 하와이의 전통적인 기법인 호오포노포노를 실천하며 가르치고 있는데, 이 기법을 통해 우리의 마음이 초의식, 의식, 잠재의식의 세 부분으로 이루어져 있다는 것을 알게 되었다. 덕분에 나는 우리 마음이 작동하는 방식을 좀 더 잘 이해하게 되었다.

● 초의식은 우리의 영적인 측면이다. 무슨 일이 일어나고 있든 상관없이 이 부분은 언제나 완전하다. 초의식은 모든 것을 알며, 자신이 언제나 어떤 존재인지를 분명히 알고 있다.

● 의식은 우리의 정신적인 측면이며, 우리가 지성

(intellect)이라고 부르는 부분이다. 의식은 우리 존재의 아주 중요한 측면이다. 왜냐하면 우리에게 주어진 자유의 지라는 선물 덕분에 스스로 선택할 수 있는 능력을 지닌 부분이기 때문이다. 삶의 모든 순간에 우리는 선택을 하고 있다. 어떤 선택을 하고 있을까? 어떤 문제가 생겼을 때 무의식적으로 반응하며 개입할 것인지, 아니면 그 문제를 놓아버리고 우리의 더 잘 아는 부분이 문제를 해결하도록 맡길 것인지를 선택한다. 또한 우리가 신보다 더 잘 알며 모든 일을 우리 스스로 해결할 수 있다고 생각할 것인지, 아니면 우리는 아무것도 모른다는(그리고 알 필요도 없다는) 점을 받아들일 것인지를 선택한다. 또한 의식은 우리가 "미안해요, 이 문제를 창조한 내 안의 것을 용서해 주세요"라고 말함으로써 스스로 100% 책임을 질 것인지, 아니면 남 탓을 하면서 다른 사람을 비난할 것인지를 선택하는 부분이다. 지성은 알기 위해 창조되지 않았다. 지성은 어떤 것도 알 필요가 없다. 지성은 우리에게 주어진 선물이며, 이 선물을 통해 우리는 선택을 해야 한다.

● 잠재의식은 우리의 감정적인 측면이며, 우리의 내면 아이다. 이것은 우리의 모든 기억을 저장하는 부분이다. 잠재의식은 우리에게 매우 중요한 부분이지만, 끊임없이 외면당하고 있다. 그럼에도 잠재의식은 우리의 삶에 나타나는 일들의 원인이 된다. 이것은 우리의 몸을 유지하고 관리하며, 우리가 호흡에 대해 '생각'하지 않아도 자동적으로 호흡하게 해주는 부분이다. 우리의 직관적인 측면이기도 하다. 이유도 없이 불안을 느낀 적이 있는가? 잠재의식은 안 좋은 일이 일어나려고 할 때 그것을 알아차리고 (우리가 관심을 기울이기만 하면) 미리 경고를 해준다. 잠재의식과 더 많이 연결될수록 우리는 불쾌한 사건들을 많이 피할 수 있다. 이 부분은 우리의 가장 좋은 파트너다. 그래서 잠재의식과 소통하는 것이 아주 중요하며, 잠재의식을 사랑하고 잘 돌보는 방법을 배워야 한다. 우리가 잠재의식을 인식하고 계속 온전한 책임을 지겠다고 결심하면, 내면의 아이는 우리가 생각하지 않아도 자동적으로 정화를 해줄 것이다. 그래서 우리는 호오포노포노를 배울 때 이 내면의 아이에 대해 많은 시간

을 할애한다. 내면의 아이와 소통하고 내면의 아이를 돌보는 방법을 배우며, 무엇보다도 '놓아버리기' 위해서는 내면의 아이와 어떻게 해야 하는지를 배우게 된다.

《붓다의 가르침(The Teachings of Buddha)》이라는 책에는 이런 말이 나온다.

"진정한 승리자는 전쟁터에서 수천 명을 정복하는 사람이 아니라, 자기 자신을 정복하는 사람이다."

언젠가 다음과 같은 이야기를 읽은 적이 있다.

옛날 어느 곳에 사과나무와 오렌지나무, 아름다운 장미들이 행복하고 만족해하며 살고 있던 정원이 있었다. 정원에 있는 모든 나무와 꽃이 행복했지만, 한 그루 나무만은 슬픔에 잠겨 있었다. 이 가여운 나무의 문제는 자신이 누구인지를 모른다는 것이었다.

사과나무가 말했다.

"네게 필요한 것은 집중이야. 정말 열심히 노력하면 맛있는 사과를 얻을 수 있을 거야. 보렴, 얼마나 쉬운지."

그러자 장미나무가 말했다. "사과나무의 말은 들을 필요가 없어. 장미를 꽃피우는 게 더 쉽지. 우리가 얼마나 아름다운지 한번 봐!"

해답이 절실했던 나무는 그들이 제안하는 방법을 모두 시도해 보았지만, 다른 나무들처럼 될 수 없었고, 그럴 때마다 더 깊은 좌절을 느낄 뿐이었다.

어느 날, 모든 새 중에서 가장 현명하다고 알려져 있는 올빼미 한 마리가 정원으로 날아왔다. 올빼미는 절망에 빠진 나무를 보고 말했다.

"걱정하지 마. 네 문제는 그리 심각한 게 아니야. 지구에 사는 많은 인간과 같은 문제일 뿐이지. 내가 해결책을 알려줄게. 다른 사람이 바라는 사람이 되려고 애쓰느라 삶을 낭비하지 마. 너 자신이 되는 거야. 너 자신을 알면 돼. 그러려면 내면의 목소리에 귀를 기울여야 해." 그렇게 말한 뒤 올빼미는 날아가 버렸다.

"내면의 목소리? 나 자신이 되라고? 나 자신을 알라고?" 나무는 자신에게 물어보았다. 귀를 닫고 가슴을 열었을 때, 마침내 내면의 목소리를 들을 수 있었다. "넌 결코 사과를

만들 수 없어. 넌 사과나무가 아니기 때문이지. 봄이 올 때마다 장미꽃을 피울 수도 없어. 넌 장미나무도 아니니까. 너는 삼나무야. 너의 운명은 크고 당당하게 자라나는 것이지. 새들에게 쉴 곳을 주고, 나그네들에게 그늘을 만들어 주고, 정원을 아름답게 하기 위해 네가 여기에 있는 거야. 너에게는 그런 임무가 있어! 그렇게 하면 돼!"

나무는 강한 자신감을 갖게 되었고, 자기의 잠재력을 마음껏 펼치기 시작했다. 그러자 나무는 곧 늠름하게 자라나며 자기의 공간을 채우게 되었고, 모든 이들이 나무를 보고 감탄하며 존경하게 되었다. 그러자 비로소 정원은 완전히 행복해졌다.

나는 주위를 둘러보며 스스로 물어본다. "스스로 성장을 멈춰버리는 삼나무들이 얼마나 많은가? 가시만 돋아날까 봐 두려워하는 장미나무는 또 얼마나 많은가?" 우리에게는 삶에서 이루어야 할 운명이 있고 채워야 할 공간이 있다. 그 누구도 그 무엇도 우리가 우리 존재의 놀랍고 아름다운 본질을 깨닫고 함께 나누는 일을 방해하지 못하게 하자.

2장

무엇이 문제인가?

문제는 우리가 문제라고 얘기할 때만 문제가 됩니다.
문제 자체는 문제가 아닙니다.
우리가 문제에 반응하는 방식이 문제입니다.

_이하레아카라 휴 렌

선(禪)에서 내려오는 이야기가 있다. "새들이 머리 주위로 날아오는 것은 막을 수 없지만, 새들이 머리카락 속에 둥지를 치는 것은 막을 수 있다."

이 말은 결국 생각들에 관심을 기울이려는 유혹에 굴복하지 말라는 것만이 아니라, 진정한 자기 자신을 발견하라는 것이다. 진정한 자기 자신을 발견할 때 우리는 점점 더 낫게 변해 가며, 어떤 생각도 더는 마음을 어지럽히지 못하는 내면의 자유를 느끼게 된다.

우리의 잠재의식은 우리의 모든 기억을 저장한다. 이런 기억들이 잠든 채 기억 창고에 정돈되어 있는 동안에는 문제가 되지 않는다. 그런데 어떤 사람을 만나거나 어떤 장소를 방문하거나 어떤 상황에 처하게 되면 이런 기억들이 깨어난다. 그러면 기억들은 생각으로 변환되어 모습을 드러낸다. 사람들은 실제로는 우리에게 또 하나의 기회를 주기 위해 우리 삶에 들어온다는 점을 이해하는 것이 중요한 이유는 이 때문이다. 어떤 기회를 주는 것일까? 우리가 스스로 온전한 책임을 지고 "미안해요, 이것을 창조하는 내 안의 것을 용서해 주세요"(호오포노포노)라고 말할 기회를 준다.

문제가 있을 때마다 당신도 늘 그 자리에 있다는 것을 알아차린 적이 있는가? 만일 문제가 당신의 내면에 있지 않다면, 그 문제를 알아차리지도 못할 것이다. 문제들이란 단순히 우리 기억들의 반복일 뿐이다. 문제들은 테이프에 기록된 정보와 같은 것이다. 테이프가 돌아가기 시작하면 우리는 그것을 진짜 현실이라고 생각하게 된다.

문제들이 계속 반복되는 까닭은 문제들이 나타날 때 우리가 무의식적으로 반응하고 집착하기 때문이다. 우리는 어떤 문제에 대한 생각을 멈추지 못하기 때문에 그 문제에 갇혀 버린다. 그리고 그 문제를 그저 놓아버리는 선택을 할 수 있는데도 오히려 더 많은 문제를 끌어당기곤 한다.

어떤 문제가 생기면 자신이 집요하게 그 문제만 계속 생각하고 있다는 것을 알아차린 적이 있는가? 이런 악순환이 한번 시작되면, 우리는 그 기록을 멈출 힘이 자신에게 있다는 사실조차 잊어버린다.

《지금 이 순간을 살아라》라는 책에서 에크하르트 톨레는 말한다.

"마음은 결코 해결책을 찾을 수 없으며, 당신이 해결책을 찾도록 놓아두지도 않습니다. 왜냐하면 마음 자체가 본래 문제의 일부이기 때문입니다."

테이프는 돌아가고 있지만 그 소리는 작을 때가 많다. 그래서 우리는 그 소리를 알아차리지도 못한다. 그러나 잠재의식은 항상 테이프를 돌리고 있다. 우리가 백 퍼센트 책임을 지는 것이 중요한 이유는 이 때문이다. 이렇게 온전한 책임을 질 때만 그것이 우리의 기록이고 생각이며 프로그램이라는 것을 이해하게 된다.

벽이나 스크린에 비추어진 슬라이드 이미지를 예로 들어 보자. 어떤 이미지가 벽이나 스크린에 투영되어 비치더라도 우리는 그 이미지가 실제로는 그곳에 있는 것이 아니며, 기계 속에 있는 이미지가 비친 것이라는 사실을 잘 알고 있다. 우리가 겪는 문제 역시 마찬가지다. 문제들이 나타날 때, 그것들은 외부에 있는 것이 아니라, 우리의 내면에 있는 것이 투영된 것에 불과하다. 그럼에도 우리는 화면을 바꾸려고 노력하면서 삶을 낭비한다. 문제는 '외부'에 존재하지 않는다. 우리는 항상 잘못된 곳에서 해결책을 찾고 있다.

문제나 상황, 사람들은 사실 우리가 인식하는 것처럼 외부에 존재하지 않으며, 우리의 인식은 생각의 반영에 불과하다는 점을 기억하는 것이 중요하다. 우리가 문제라고 생각하는 것들 역시 문제가 아니다. 우리는 실제로 무슨 일이 일어나고 있는지를 알지 못한다. 문제들은 언제나 좋은 기회들이다.

우리 자신이 사건이나 문제에 영향을 미치며, 우리 스스로 그것을 창조했다는 점을 깨달아야 한다. 이것은 사실 좋은 소식이다. 우리가 그것을 창조했다면, 어떤 것이나 어떤 사람에게도 의지하지 않고 우리 스스로 그것을 변화시킬 수 있기 때문이다.

옛날 어느 마을에 몹시 가난한 노인이 살고 있었다. 그 노인에게는 백마가 한 마리 있었는데, 어찌나 뛰어난 명마였는지 그 나라의 왕까지도 탐을 내고 있었다.

왕은 그 말을 엄청난 가격으로 사겠다고 제안했지만, 노인은 대답했다.

"이 말은 제게 단순한 말이 아닙니다. 제게는 사람과 같은 아이입니다. 어떻게 사람이나 친구를 팔 수 있겠습니까?"

노인은 가난했지만 결코 말을 팔지 않았다.

그런데 어느 날 아침, 노인은 말이 마구간에서 사라져 버린 것을 알게 되었다. 온 마을 사람들이 모여서 노인에게 말했다.

"어리석군요. 언젠가는 도둑들이 말을 훔쳐갈 거라는 건 뻔한 일이었어요. 그때 팔아버렸으면 좋았을 것을. 정말 안 됐군요."

노인이 말했다.

"앞서가지 맙시다. 지금 그 말이 마구간에 없다고만 말합시다. 이것이 사실입니다. 나머지 모든 것은 여러분의 판단일 뿐입니다. 이 일이 불행인지 행운인지 나는 알지 못합니다. 이 일은 단지 하나의 조각에 불과하니까요. 내일 무슨 일이 일어날지 누가 알겠습니까?"

사람들은 노인을 비웃었다. 그들은 노인이 약간 제정신이 아니라고 생각하고 있었다. 그런데 보름 뒤 어느 날 밤, 말이 돌아왔다. 말은 도둑맞은 것이 아니라 스스로 마구간을 떠난 것이었다. 더구나 말은 야생마를 12마리나 데리고 돌아왔다. 다시 한 번 사람들이 모여서 노인에게 얘기했다.

"당신 말이 맞았군요. 말을 잃어버린 일은 불행이 아니라 행운이었네요."

노인이 말했다.

"여러분은 또다시 앞서가고 있군요. 그냥 말이 돌아왔다고만 말합시다. 이것이 행운인지 아닌지 누가 알겠습니까? 이 일은 단지 하나의 조각일 뿐입니다. 여러분은 문장 속의 단어 하나만 읽고 있을 뿐입니다. 단어 하나만으로 어떻게 책 전체의 내용을 판단할 수 있겠습니까?"

마을 사람들은 이번에는 더이상 아무 말도 할 수 없었지만, 속으로는 노인의 말이 틀렸다고 생각했다. 12마리의 멋진 말이 함께 돌아왔으니.

노인의 아들이 야생마들을 훈련하기 시작했다. 일주일 후, 아들이 훈련하던 말에서 떨어져 두 다리가 모두 부러져버렸다. 마을 사람들은 다시 모여 노인에게 말했다.

"이번에도 당신 말이 맞았군요. 말이 돌아온 것은 불행이었네요. 그 나이에는 아들이 유일한 버팀목인데, 외아들이 다리를 다쳐 걸을 수 없게 되었으니 말입니다. 정말 가엾은 신세가 되었군요."

노인이 말했다.

"여러분은 판단에 집착하고 있군요. 앞서가지 맙시다. 그냥 내 아들의 두 다리가 부러졌다고만 말하세요. 이것이 불행인지 행운인지 알 수 있는 사람은 아무도 없습니다. 삶은 조각들로 찾아옵니다. 우리에게는 그 이상의 것이 주어지지 않아요."

몇 주가 지나자 그 나라에 전쟁이 일어났다. 마을의 모든 젊은이가 군대로 소집되었지만, 오직 그 노인의 아들만이 부상으로 징집되지 않았다. 온 마을 사람이 울부짖으며 괴로워했다. 패배할 것이 분명한 전쟁이라서 마을에서 징집된 젊은이들 중 돌아올 사람은 거의 없다는 것을 모두들 알았기 때문이다.

"당신 말이 맞았어요. 그 일은 행운이었군요. 다리는 불구가 되었어도 당신의 아들은 당신 곁에 있으니까요. 우리 아들들은 영원히 가버렸답니다."

노인이 말했다.

"여러분은 여전히 판단을 하고 있군요. 아무도 모릅니다.

단지 여러분의 아들들이 군대에 끌려갔고, 내 아들은 끌려가지 않았다고만 말하세요. 이 일이 일어난 것이 불행인지 행운인지는 오직 신만이 아십니다."

우리는 견해나 판단을 만들고는 그것들에 매여버린다. 우리 스스로 그것들의 노예가 되는 것이다.

《붓다의 가르침》이라는 책에는 다음과 같은 말이 나온다.
"좋아함과 싫어함에 영향받는 사람은 자신이 처한 상황의 의미를 알 수 없으며, 그런 상황 앞에서 좌절하게 된다. 집착하지 않는 초연한 사람은 자신이 처한 상황을 완벽하게 이해하며, 그에게는 모든 일이 새롭고 의미 있다. 슬픔 뒤에는 행복이 따르며, 행복 뒤에는 슬픔이 따른다. 하지만 행복과 슬픔을 분별하지 않고 좋은 것과 나쁜 것을 분별하지 않을 때, 그 사람은 자유로워질 수 있다."

어떤 것도 겉으로 보이는 그대로가 진실은 아니다. 지성은 알 수 없고, 지성의 이해는 제한되어 있다. 그러나 우리의 일부는 모든 것을 안다. 지성적인 이해와 본질적인 지혜의 차이는, 의자 위에 서서 둘러보며 모든 것을 본다고 생각하는 사람과, 산 정상에 서서 풍경 전체를 보는 사람의 차이와 같다. 우리는 신과 이야기하는 것보다 심리학자나 이웃들과 이야기하기를 더 좋아한다. 우리는 내면에 있는 모든 앎과 모든 지혜에 항상 다가갈 수 있음에도, 여전히 의자 위에 서서 견해를 쏟아내고 판단을 하며 자기의 관점을 얘기하는 것을 더 좋아한다. 그렇게 하도록 배웠기 때문이다. 우리는 이런 식으로 행동하는 데 중독되어 있다.

그렇지만 우리는 문제라고 여겨지는 상황이 나타날 때마다 어떻게 행동하고 반응할지를 항상 선택할 수 있다. 이를 아름답게 묘사하는 이야기가 있다.

"어느 날, 농부의 당나귀가 우물에 빠졌다. 당나귀는 몇 시간 동안 애처롭게 울어댔고, 농부는 당나귀를 꺼낼 방법을 찾으려고 갖은 애를 썼다. 그러다가 결국 농부는 당나귀가 이미 늙었고 어차피 우물도 메워야 하니, 당나귀를 꺼내지 않는 편이 낫겠다고 결정했다. 농부는 우물을 메우기 위해 이웃 사람들에게 도움을 청했다. 모두들 삽을 들고 우물에 흙을 퍼 넣기 시작했다. 당나귀는 무슨 일이 벌어지고 있는지 알아차리고는 애처롭게 울부짖었다. 하지만 잠시 뒤에는 어찌 된 일인지 당나귀의 울음소리가 들리지 않았다. 삽으로 흙을 꽤 많이 퍼 넣은 뒤, 농부는 우물 안을 들여다보았다. 그리고 눈앞에 펼쳐진 광경에 놀라고 말았다. 당나귀는 등 위로 흙이 쏟아질 때마다 몸을 흔들어 흙을 떨

어뜨린 뒤, 흙을 밟아 다지며 조금씩 올라서고 있었던 것이다. 농부의 이웃들은 당나귀 위로 흙을 계속해서 퍼 넣었고, 당나귀는 그때마다 등에 떨어지는 흙을 흔들어 떨어뜨린 뒤 밟아 다지며 올라섰다. 곧 당나귀는 우물 밖으로 나와 날쌔게 도망쳐버렸다."

삶은 당신에게 온갖 종류의 흙더미를 던진다. 우물에서 빠져나오는 비결은 흙을 떨어뜨리면서 그것을 밟고 올라서는 것이다. 우리에게 주어지는 모든 문제는 우리의 디딤돌이다.

포기하지만 않는다면 우리는 가장 깊은 우물에서도 빠져나올 수 있다. 흙을 떨어뜨리며 그것을 밟고 올라서라!

3장

신념

우리의 진정한 힘은 행복이다.
행복은 우리가 나머지 모든 것을 내맡길 때 찾아온다.
_댄 밀먼,《평화로운 전사의 길(Way of the Peaceful Warrior)》

지금까지 살아오면서 나는 신을 믿은 적이 거의 없었다. 나에게 신은 존재하지 않았다. 나는 나 스스로 삶의 모든 것을 이루었으며, 나의 모든 것도 내가 노력하고 일했기 때문에 얻은 것이라고 생각하며 자랐다. 여느 유대인들처럼 나 역시 유대인의 전통을 존중하며 모범적으로 자랐지만, 신은 믿지 않았다. 그러나 마침내 깨어났을 때 나는 내면에서 새로운 세계를 발견했는데, 그것은 나에게 완전히 낯선 세계였다. 시간이 조금 흐른 뒤 큰아들에게 말했다.

"얘야, 삶은 쉬울 수 있단다."

아들은 혼란스러운 표정으로 나를 쳐다보며 말했다.

"이제까지 해주신 말씀과는 다르잖아요."

"그래, 알아. 하지만 이제 더 나은 길을 알게 되었단다."

그 순간 나는 조금의 의심도 없었다. 그것은 말로 설명할 수 없는 묘한 느낌이었지만 가슴속에 있는 것이었다. 우리는 모두 그것을 찾아낼 수 있다. 우리 모두의 내면에는 그것이 있기 때문이다.

좋은 회계사라면 그러하듯이 나는 결과를 자세히 살펴보고 관찰하는데, 깨어난 뒤의 삶을 돌아보면 이 모든 일이 나에게 일어났다는 것이 믿어지지 않을 만큼 놀랍게 느껴진다.

어떤 사람들은 사원이나 교회에서 신을 발견한다. 나 같은 사람들은 다른 곳에서 신을 발견한다. 어느 날 깨어날 때 우리는 눈을 뜨면서, 신을 찾기 위해 침대에서 일어날 필요조차 없다는 것을 깨닫는다. 우리가 신이라 부르는 존재는 종파와는 아무 상관이 없다. 그 존재는 언제나 우리와 함께 있다. 우리가 어디를 가든지 그 존재는 늘 우리와 함께한다.

우리는 신(사랑)이 일하는 방식을 알지 못한다. 전혀 모를 수도 있다. 신이 우리를 위해 어떤 일을 해줄 수 있는지도 모른다. 상상할 수조차 없다. 이른바 기적이라고 하는 것은 정말로 존재한다. 만일 우리가 지성으로 모든 것을 이해하려는 노력을 멈춘다면, 그리고 우리의 판단과 견해를 놓아버리고 삶의 흐름에 자신을 맡기는 법을 배운다면, 삶의 매 순간 우리는 기적을 경험할 수 있다. 우리 삶의 가장 큰 장애물은 바로 자기 자신이라는 것을 알아차릴 필요가 있다.

우리는 신뢰한다고 말하지만, 실제로는 그렇지 않다. 문제를 신(사랑)에게 맡긴다고 말하지만, 여전히 그 문제를 붙들고 있다. 문제들에 관한 생각을 멈추지 않을 때, 근심하며 걱정할 때, 사실 우리는 신(사랑)에 대한 믿음이 없어서 모든 문제를 혼자 해결하려고 하는 것이다. 당연히 신은 이 사실을 알게 된다. 그리고 우리가 기도를 해도 응답받지 못하는 이유는 어떤 '기대'를 하기 때문이다. 우리는 자신에게 완벽하게 좋은 것이 무엇인지 안다고 믿으며, 어떤 것을 신에게 요청할 때 거의 명령하는 듯한 태도로 요구한다. 우리는 신에게 무엇을, 어떤 방식으로 해주기를 원하는지, 심지어 어떤 색깔을, 어느 때에 해주기를 원하는지까지 이야기한다.

하지만 신은 우리가 요청하기 전에 이미 알고 있다. 그분은 너무나 가까이 있어서 소리칠 필요도 없다. 생각하는 것만으로 충분하다. 신은 우리를 위해 상상할 수 없는 것들까지 준비하고 있다. 그분은 그것들을 줄 수 있도록 우리가 허용하기만을 기다리고 있다. 만일 우리가 어떤 특정한 것들을 요청한다면, 예를 들어 "신이시여, 저는 유럽 여행을 위한 돈이 필요합니다"라고 한다면, 우리는 요청에 한계를 정하고 있는 것이다. 신은 매 순간 우리에게 가장 알맞은 것을 주고 있다. 위의 예에서 나에게 알맞은 것은 유럽이 아니라 남아프리카로 가는 것일 수도 있다. 그렇다면 기도가 너무 닫혀 있어서 돈이 들어오지 않을 것이다. 내가 요청한 것은 지금 나에게 알맞은 것이 아니기 때문이다. 이런 식으로 다른 가능성을 닫아버리면, 주어진 순간에 가장 알맞고 완벽한 것을 받을 가능성에서 멀어지게 된다.

가끔 신은 거절한다. 이는 마치 자녀들이 뒤따르는 위험이나 결과를 알지 못한 채 뭔가를 요청할 때 현명한 부모들이 취하는 행동과 같다. 기도를 응답받는 비결은 올바르고 완벽한 것을 요청하는 것이지만, 우리는 그것이 무엇인지 알지 못한다. 그래서 기대를 놓아버리는 것이 필요하다. 그러면 정확한 순간에 가장 알맞고 완벽한 것이 도착할 것이다. 우리는 그것이 어디에서 오는지 알지 못한다. 그 깜짝 선물을 받으려면 그것이 올 수 있도록 허용해야만 한다.

신(사랑)은 신비로운 방식으로 일한다. 우리가 신이 일하도록 온전히 허용하면, 마음을 다해 신을 믿고 신뢰하면, 모든 것은 아무런 노력 없이도 우리에게 다가올 것이다. 신은 우리를 돕고 지원해줄 사람들에게 우리를 가까이 데려

가주며 어떤 문들을 열어줄 수 있는 유일한 존재다. 신은 우리를 완벽한 순간에 알맞은 장소에 데려다준다. 하지만 그러려면 우리는 신에게 직접 요청하는 대신에 이웃들에게 너무 많이 얘기하는 것을 멈추어야 한다.

신을 생각하는 것만으로도 문제에서 벗어날 수 있다. 우리에게 주어진 것들에 감사하기만 해도 우리의 진동이 저절로 변한다. 감사해야 할 좋은 이유들은 항상 있기 마련이다.

인디고 아이들은 말한다.

"어떤 일이 일어날 것이라고 상상하며 믿으면, 그 일은 일어날 것입니다. 상상만 하고 믿지 않으면, 그 일은 일어나기가 어렵습니다."

그저 기다리거나 바라기만 해서는 어떤 일이 일어나지 않는다. 그 일이 일어날 것이라고 믿어야 한다. 믿음을 갖는다는 것은 가능성들에 열려 있다는 것이다. 이 말은 삶이 우리를 깜짝 놀라게 하도록 기꺼이 허용하며, 불확실해 보이는 것을 두려워하는 대신에 미지의 세계로 과감히 들어가는 것을 의미한다. 믿음을 가지면 가슴이 열린다. 우리가 같은 자리에 갇혀 수없이 맴도는 까닭은 미지의 것에 대한 두려움과 부족한 믿음 때문이다.

씨앗에게 배울 필요가 있다. 난초의 씨앗은 스스로 난초가 되리라는 것을 상상하지는 못하지만, 용감하게 껍질을 열고 부서지면서 대지 위로 돋아나며 세상에 모습을 드러내는 과정에 자기를 온전히 내맡긴다.

아픔으로 가득 찬 가슴은 사랑받는 느낌, 평화로운 느낌이 무엇인지를 상상할 수 없다. 모두가 그렇다. 우리는 낡은 패턴과 오래된 사고방식, 낡은 믿음들과 수없이 단절해야 한다. 이것은 어두운 터널을 통과해야 하고 때로는 아픔을 느껴야 한다는 것을 의미하지만, 그것만이 앞으로 나아가 빛을 볼 수 있는 유일한 길이다.

예수는 천국에 들어가려면 어린아이와 같아야 한다고 말했다. 천국은 지금 여기에 있다. 그것을 경험하는 것은 우리에게 달려 있다. 우리가 할 일은 단지 수많은 생각을 멈추고, 우리가 모든 것을 알고 있으며 항상 옳다는 믿음을 내려놓는 것이다. 우리의 생각과 정보들, 우리가 받는 교육은 우리를 진정한 자기 자신에게서 멀어지게 할 때가 많다. 어린아이 같은 천진함이 곧 우리 안에 있는 신의 지혜다.

물론 이 길을 가려면 용감할 필요가 있지만, 승리는 백 퍼센트 확실히 보장되어 있다. 과감하게 믿고, 시도하고, 신뢰하며, 내맡길 필요가 있다. 우리가 믿고 신뢰하며 내맡길 때, 내면의 무언가가 변화되며 생각들이 명료해진다. 모든 것이 다르게 보인다. 이러한 변화는 언어로는 아무리 해도 표현할 수가 없다. 그것을 정확히 나타낼 수 있는 말은 이 세상 어디에도 없기 때문이다. 우리는 그저 가슴의 지혜를 발견했다는 것을 알 뿐이다.

이제 나는 믿음 중에서 가장 중요한 것, 즉 자기 자신에 대한 믿음에 관해 얘기하고 싶다. 외부의 어떤 것을 반드시 믿을 필요는 없다. 신, 예수, 붓다, 모세조차도 그 믿음이 우리를 편안하게 해주지 않는다면 믿지 않아도 된다. 정말 필요한 것은 자기 자신을 믿고, 자기 내면의 힘을 신뢰하는 것이다. 그러려면, 다시 말해 자기 자신을 정확히 있는 그대로 좋아하고 받아들이려면 자신에 관한 많은 믿음*, 견해, 판단을 내려놓아야 한다. 물론 이것이 쉽지 않은 일이라는 것을 안다. 우리는 어떤 믿음들이 우리에게 안 좋은 영향을 미치고 있는지를 의식하지도 못하고 있다. 하지만 이 책에서 내가 들려주는 방법에서는 그 믿음들을 반드시 알아야 할 필요가 없다. 우리에게 안 좋은 영향을 미치고 있는 믿음들이 사라질 수 있도록 허용하기만 하면 된다.

자기 자신을 믿고 조건 없이 사랑할 때 우리는 불굴의 존재가 된다. 사람들은 그런 존재를 알아본다. 어떤 말도 할

---

* 바로 앞에서 말한 '자기를 믿는 것'은 자기의 존재와 능력을 신뢰한다는 뜻이지만, 여기에서 말하는 '자신에 관한 믿음'이란 예를 들어 "나는 사랑스럽지 않아", "나는 무능해", "나는 원하는 것을 가질 수 없어"와 같은 믿음을 말한다.—옮긴이

필요가 없다. 자기 자신을 믿을 때, 우리는 어떤 사람들과는 멀어지고, 우리가 간절히 바라는 기회를 주는 사람들과는 가까워진다는 것을 알게 될 것이다. 비밀은 자기 자신을 있는 그대로 받아들이는 데 있다. 즉, "나는 좋은 사람이 아니야, 나는 머리가 안 좋아, 나는 돈이 부족해, 대학을 졸업해야 가치 있는 사람이 될 수 있어"와 같은 생각을 더이상 믿지 않는 것이다. 우리가 바꿀 수 있는 것은 오로지 자기 자신에 대한 믿음뿐이다.

다른 사람들이 원하는 사람이 되려 하는 태도를 그만두기 위해 제일 중요한 것은 자기 자신을 가장 우선하는 것이다. 참된 힘은 우리 내면에 있으며 다른 사람들의 인정 속에 있지 않다는 것을 이해하고 깨어나야 한다. 자기 자신을 믿고 신뢰할 때 내면의 재능은 저절로 자라게 되며, 우리는 행복을 느끼기 시작할 것이다. 자기 자신을 믿고 신뢰할 때 삶을 사랑하고 즐길 수 있다.

삶은 우리의 마음속에서 흘러간다. 전쟁은 우리의 머릿

속에 있으며, 오직 우리 자신만이 평화를 회복할 수 있다. 어떤 의미에서는 우리가 언제나 옳다는 것을 기억하는 것이 중요하다. 할 수 있다고 말하면, 우리는 할 수 있다. 할 수 없다고 말하면, 그 말대로 우리는 할 수 없다.

우리는 삶을 살고 누리며 행복하기 위해 여기에 있다. 자기 자신에 대한 믿음은 진정한 자기 자신으로 살아갈 자유를 주며, 이 자유는 우리가 그리도 갈망하는 행복을 불러온다.

4장

돈

원하는 모든 것을 얻을 때조차
우리는 곧 구멍이 여전히 있다는 것을,
그 구멍은 밑 빠진 독과 같다는 것을 알게 됩니다.
_에크하르트 톨레,《지금 이 순간을 살아라》

20년간의 결혼 생활을 뒤로하고 남편과 헤어졌을 때, 내게 남은 것이라고는 입고 있던 옷뿐이었다. 아이들도 데려오지 않았다. 남편이 아이들을 양육하겠다고 했기 때문이다. 하지만 나는 혼자서도 잘해 나갈 수 있다는 확신이 있었고, 새롭게 시작할 기회를 얻게 되어 행복했고 감사했다. 그 무렵 나는 행복은 물질에 있는 것이 아니며 소유할 필요가 없다는 것도 배웠다. 더 적게 가질수록 오히려 더 자유로워졌다.

그즈음 한 친구가 더 크고 좋은 집으로 이사해 함께 살자고 제안했다. 좋은 제안 같아서 우리는 집을 알아보려 다녔고, 곧 아름다운 타운하우스를 보게 되었다. 그 집은 너무 비싸서 우리가 임차할 수 있으리라고는 상상할 수도 없었지만, 우리 둘 다 매월 수입이 있다는 사실을 증명하여 임차를 허락받을 수 있었다.

그런데 임대차 계약을 하기 이틀 전에 친구가 전화를 해서는 마음이 바뀌어 애리조나로 이사하겠다는 것이었다. 나는 곧바로 부동산 중개업자에게 전화를 걸어 계약서를 내 이름으로 바꿔 달라고 요청하면서, 내가 단독으로 계약 당사자가 되겠다고 말했다. 중개업자는 이미 나를 알고 있었기에 내 요청을 받아들였다.

임차 계약을 하고 그 집으로 이사한 지 얼마 지나지 않아 여러 곳에서 일감이 들어오기 시작했다. 그래서 아무 문제 없이 임차료를 낼 수 있었고, 다른 사람과 집을 함께 쓸 필요도 없었다.

이사한 지 8개월이 지났을 때, 집주인이 전화를 걸어 그 집을 팔고 싶다는 의사를 전해왔다. 그는 내가 그 집을 좋아하는 것을 알고 있으니 나에게 우선권을 주고 싶다면서,

구매할 의향이 없으면 9월까지 집을 비워달라고 했다.

　나는 당연히 그 집을 사서 계속 살고 싶었다. 하지만 무슨 돈으로? 내겐 계약금을 낼 돈도 없었다. 그리고 나는 회계사였기에 은행에서 융자받을 조건이 안 된다는 것도 잘 알고 있었다. 그때 나의 지성은 짐을 싸라고 말했지만, 내면의 무언가는 집을 나가는 것이 가장 좋은 선택은 아니라고 말하고 있었다. 나는 스스로에게 말했다. "만일 신이 이 집을 내가 있어야 할 곳이라고 여긴다면 내게 융자받을 길을 알려줄 거야. 나는 방법을 모르니까." 나는 비켜서서 신이 일하도록 허용해야 한다는 것을 알았다. 가장 좋은 길은 놓아버리고 신뢰하면서 그 문제를 우주에게 맡기는 것이었다.

　융자를 받도록 도와주겠다던 두 사람이 중도에 포기해버렸다. 결국 임차 기간이 만료되었고 융자를 받지 못했기에 나는 집주인에게 전화해서 내가 처한 상황을 설명해야 했다. 나는 집주인을 설득하기 위해 무슨 말을 하고 어떻게 해야 할지 걱정하는 대신, 확신과 믿음을 가지고 이 상황을 내맡기기로 했다. 그래서 집주인에게 전화를 걸어 모든 상황을 설명했다. 집주인의 대답은 놀라웠다.

"좋아요, 마벨. 사실 지금은 집을 팔기에는 좋은 시기가
아니에요. 임대 기간을 연장해 드릴 테니, 연장 계약서를
써서 팩스로 보내주세요. 서명할게요."

이후 나는 융자를 받기 위해 누군가에게 전화할 필요조
차 없었다. 새로운 부동산 중개인이 도움을 주겠다고 제안
했고, 연장 기간이 만료되기 전에 융자를 해주었기 때문이
다.

우리가 결과에 집착하고 상황에 관해 걱정하는 것을 멈
출 때, 견해를 내고 판단하는 것을 그만둘 때, 그리고 우리
가 아무것도 모른다는 것을 알아차리며 삶의 흐름을 받아
들이고 내맡길 때, 오직 그럴 때 우리는 삶의 흐름을 경험
할 수 있다. 그러면 모든 일이 자유롭게 일어나며, 많은 것
이 우리에게 가장 쉬운 방식으로 다가올 것이다. 신은 이
땅에 살고 있는 우리에게 필요한 모든 것을 주신다. 주위를
둘러보면 신이 창조한 모든 것은 무한하며 풍요롭다는 것
을 알게 된다. 오직 인간이 만들어낸 것들만이 부족하고 제

한되어 있다. 새들은 가까운 곳에서 먹을거리를 찾을 수 있다는 것을 알기에 아무 걱정 없이 날아간다.

원하는 것을 얻기 위해서는 신뢰와 확신이 필요하다. 우주는 우리가 그 첫걸음을 내딛기만을 기다리고 있다. 우주를 신뢰하며 우주가 일하도록 허용하면, 우리에게 필요한 모든 것이 쉽게 다가온다. 중요한 것은 신이 줄 것이라는 점을 머리가 아니라 가슴으로 알면서 백 퍼센트 신뢰하는 것이다.

기도가 응답받지 못한다거나 결과가 나타나지 않는다고 생각될 때가 있다. 응답을 받지 못하는 이유는 신이 우리의 기도를 듣지 못하기 때문이 아니다. 우리는 신을 마치 하인처럼 여기면서, 우리가 원하는 것을 언제, 어떻게, 어떤 색깔로 달라고 요구한다. 이것은 우주가 일하는 방식이 아니다. 우리에게 가장 좋다고 생각되는 것을 정해 놓고 요구하는 대신, 아무 기대 없이 요청한 뒤 내맡겨야 한다. 신은 매 순간 우리에게 가장 알맞고 완벽한 것을 주고 있다. 비밀은 믿고 내맡기는 것이며, 삶의 흐름에 자신을 맡기고, 기대하지 못한 사람에게도, 기대하시 못한 장소에서도 받을 수 있는 가능성에 가슴을 여는 것이다.

문제는 우리가 특정한 기대를 하고, 원하는 것이 더 빨리 주어지기를 바라며, 매우 조급해하고, 자신이 원하는 결과만을 고집한다는 것이다. 우리는 모든 것이 '하나의 근원'에서 나온다는 사실을 알지 못한다. 그 근원은 우리에게 무엇이 필요한지, 그것이 언제 어떻게 필요한지를 정확히 알고 있다. 우리는 노력과 투자, 배우자를 통해 스스로 기회들을 만든다고 생각하지만, 이 모든 것은 우리에게 필요한 것들이 주어지는 다양한 방식과 경로일 뿐이다. 하나의 문이 닫히면 다른 문이 저절로 열린다.

문제가 생길 때 우리가 할 수 있는 최악의 행동은 걱정을 하는 것이다. 걱정을 할 때 우리는 스스로 갇혀 옴짝달싹 못 하게 되며, 결국 원치 않는 것을 더 많이 끌어당기게 된다. 우리는 자석과 같아서 스스로 생각하는 것을 삶 속에 끌어당기기 때문이다. 그리고 우리의 생각이 우리의 모습을 이룬다.

무엇보다 중요한 것은 '지금'을 사는 것이다. 사람들은 기억들로 과거에 빠져 살거나, 걱정으로 미래에 빠져 살면서 존재를 낭비한다. 다른 모든 것이 그렇듯이, 돈도 필요할 때 찾아온다. 필요하기 전이나 후에 오는 것이 아니다. 우리에게 필요한 것은 가슴을 열고 신뢰하며 내맡기는 것뿐이다. 언젠가 이런 이야기를 들은 적이 있다.

어느 여인이 집 밖으로 나가다가, 긴 수염을 늘어뜨린 노인 세 명이 대문 앞에 앉아 있는 것을 보았다. 그녀는 처음 보는 노인들에게 다가가서 말했다.
"누구신지 모르겠지만, 혹시 식사를 하지 않으셨다면 저희 집에 들어오셔서 음식을 좀 드시지요."
"댁에 남편이 계십니까?" 그들이 물었다.
"아니요. 지금은 외출 중입니다."
"그러면 우리는 들어갈 수 없습니다."

저녁이 되어 남편이 집에 돌아오자, 그녀는 낮에 있었던 일을 남편에게 이야기했다. 남편이 말했다.

"그분들에게 가서 내가 집에 돌아왔다고 말한 뒤, 들어오시도록 초대하세요."

여인은 밖으로 나가 노인들을 초대했다.

그러자 노인들이 말했다.

"우리는 함께 집에 들어갈 수 없습니다."

여인이 이유를 묻자, 노인 가운데 한 사람이 다른 두 노인을 가리키며 말했다.

"저 친구의 이름은 부(富)이고, 다른 친구의 이름은 성공입니다. 제 이름은 사랑입니다. 자, 이제 댁에 들어가셔서 우리 셋 중에 누구를 먼저 초대하고 싶은지 남편과 상의하여 결정하세요."

여인이 집으로 돌아가서 남편에게 노인의 말을 전하자, 남편은 매우 기뻐하며 말했다.

"세상에 이런 일이! 그럼 '부'를 초대합시다. 그를 들어오게 해서 우리 집을 풍요로 가득 채웁시다."

하지만 여인은 동의하지 않았다.

"여보, '성공'을 초대하는 편이 낫지 않을까요?"

건너편에서 그들의 대화를 듣고 있던 딸이 쪼르르 달려와서 자기의 생각을 말했다.

"사랑을 초대하는 것이 더 낫지 않을까요? 그럼 우리 집은 사랑으로 가득 찰 거예요."

그러자 남편이 말했다.

"우리 딸의 이야기를 들읍시다. 가서 사랑을 초대하세요."

여인은 밖으로 나가서 세 노인을 보며 말했습니다.

"어느 분이 사랑이신가요? 저희는 사랑을 초대하고 싶습니다."

사랑이 일어나 집 안으로 걸어 들어갔다. 그런데 다른 두 노인도 일어나더니 사랑을 뒤따라 들어가는 것이었다.

여인은 놀라서 부와 성공에게 물었다.

"저희는 사랑만을 초대했는데, 왜 두 분도 함께 오시는 거죠?"

그러자 두 노인이 한목소리로 대답했다.

"만일 당신이 부나 성공을 초대했다면, 나머지 둘은 밖에 남아 있었을 겁니다. 하지만 당신은 사랑을 초대했습니다. 사랑이 가는 곳에는 언제나 부와 성공도 함께하지요."

돈은 나쁜 것이 아니다. 돈을 가장 중시하는 것이 문제일 뿐이다. 돈을 위해 일을 하면 매사가 어려워 보인다. 돈은 왔다가 금세 우리의 손에서 빠져나가버린다. 우리는 정말 좋아하는 일을 찾아야 한다. 행복과 만족을 주는 일, 대가를 받지 않더라도 기꺼이 하고 싶은 일을 찾아야 한다. 우리 모두는 어떤 재능과 자기만의 능력을 갖추고 태어난다. 우리에게는 저마다 다른 누구보다 더 잘할 수 있는 어떤 능력이 있다.

풍요와 번영은 우리의 의식과 관련이 있다. 진정한 자신이 누구인지를 알게 되면 필요한 모든 것이 이미 우리에게 있다는 것을 알게 된다. 그 순간 우리는 이미 부유하다. 가슴을 열고 신뢰하며 내맡길 때, 우리는 모든 일이 삶에 펼쳐지도록 허용하게 된다.

5장

두려움

진리가 너희를 자유롭게 하리라.

_예수

내가 선택한 이 영적 탐구의 길을 걷는 동안, 나는 많은 두려움과 직면해야만 했다. 20년이 넘는 결혼 생활이 끝났을 때, 아이들을 떠났을 때, 새로운 일을 시작했을 때, 재정적인 지원을 전혀 받을 수 없는 상황에서 단독으로 모든 책임을 지고 임차 계약서에 서명했을 때, 나는 두려움을 느꼈다. 하지만 이런 두려움에도 불구하고 나 자신을 믿고 신뢰했기에 과감히 행동할 수 있었다. 내면의 목소리도 내가 할 수 있다고 말해 주었다. 하지만 지금과 같은 안정은 저절로 오지 않았다. 책을 읽고 세미나에 참석하면서 변화가 필요한 것들을 용감하게 마주하고 받아들였으며, 그런 노력을 통해 이 자리에 올 수 있었다. 나는 거듭나기와 스웻 롯지(Sweat Lodge)[*] 같은 과정을 경험하면서 많은 것을 배웠다.

스웻 롯지의 내부는 깜깜하고 몹시 뜨겁다. 열기가 너무나 강렬해서 숨을 쉬면 가슴이 아플 정도이고, 곧 죽을 것만 같은 느낌까지 든다. 샤스타 산에서 이 의식을 인도하던 미국 원주민들은 설명하기를, 스웻 롯지에서는 모든 것을 포기하고 자신을 보는 것 외에는 다른 선택을 할 수 없게 된다고 했다. 나는 그곳에서 두 가지 중요한 생각을 했던 것을 기억한다. 하나는 "이 일을 하는 것이 신의 뜻이라면 분명 안전할 거야"라는 생각이었고, 곧바로 나는 자신에게 말했다. "마벨, 이걸 할 수 있다면, 다른 어떤 일도 할 수 있을 거야." 그 스웻 롯지 안에서 나는 많은 두려움을 내려놓을 수 있었다.

---

[*] 천이나 나무판으로 만든 작은 오두막 속에서 불에 달군 돌들 위에 물을 부어 뜨거운 증기를 냄으로써 땀을 흘리며 정화하는 북미 원주민들의 의식. 사우나실과 같은 원리의 이 오두막을 스웻 롯지라고 한다.—옮긴이

우리 자신이 진정 누구인지를 알고 자기에게 있는 힘을 발견하면, 우리는 아무것도 두려워할 것이 없음을 이해하게 된다. 우리는 언제나 보살핌을 받고 있다. 언제나 보호받고 있다.

우리 모두는 두려움 때문에 고통을 받는다. 두려움은 병이라 해도 과언이 아니다. 우리는 두려움에, 고통에 중독되어 있다. 우리가 차라리 고통 받기를 원하는 이유는 고통이 우리에게 익숙하기 때문이다. 우리는 고통이 어떤 느낌인지를 알며, 고통 받음에도 불구하고 편안함을 느낀다. 두려움은 익숙한 것, 일상적인 것이 되어버렸다.

용기를 내어 두려움을 직면하고 통과해 가야만 터널의 끝에 다다를 수 있다. 그때 우리는 빛을 본다. 그리고 무엇이 진실인지를 알게 된다. 승리의 기쁨과 행복을 느낄 뿐아니라, 돌이켜 보면서 두려움이 상상했던 것처럼 끔찍하지는 않았음도 알게 된다.

한번은 어느 부동산 중개업자의 강연을 들었는데, 그는 그 일을 처음 시작했을 때의 이야기를 들려주었다. 새파랗게 젊은 나이의 그가 직장에 처음 출근한 날, 사장이 그를 불러 물었다.

"집들을 팔고 싶나?"

당연히 그는 그렇다고 대답했다. 그러자 사장은 인근 주택가로 그를 데려가서 말했다.

"여기에 자네를 두고 가겠네. 네 시간 뒤에 다시 데리러 오지. 동네를 돌면서 집집마다 문을 두드린 뒤 사람들에게 집을 팔 생각이 있는지 물어보게."

사장은 백 개의 네모가 격자무늬로 그려진 종이를 건네주면서 사람들이 거절할 때마다 그 네모 안에 가위표를 하라고 말했다.

"시작하게. 자네의 첫 번째 가위표 100개를 받아보게나."

젊은이는 어이가 없었지만 어쩔 수 없이 사장이 시키는 대로 일을 하기 시작했다. 많은 사람이 거절했지만, 놀랍게도 다른 많은 사람은 집을 팔 생각이 있다고 했다. 그들은 집을 팔아보려는 생각은 있지만 더 자세한 정보를 얻고 싶다고 말했다. 그 순간 젊은이는 거절하는 사람이 생길 때마다 승낙의 가능성에 더 가까이 다가간다는 것을 깨달았다.

우리는 거절당하는 것을 몹시 두려워한다. 하지만 거절을 감수하지 않으면 결코 승낙을 받을 수 없다. 사람들이 우리에게 거절을 하면 무슨 일이 일어날까? 깊이 생각해 보면 그것은 그리 심각한 일이 아니라는 것을 알 수 있다.

두려움을 극복하는 능력에 따라 삶에서 많은 것을 얻는 사람과 거의 얻지 못하는 사람이 나뉘고, 성공하고 앞서가는 사람과 정체되어 있는 사람이 나뉜다.

두려움은 자신감의 부족과 관련이 있다. 우리는 진정한 자신이 누구인지를 모르며, 우리에게 알맞고 완벽한 모든 것을 끌어올 힘과 능력이 있다는 사실 역시 알지 못한다. 자기 자신을 신뢰하고 믿을 때, 우리는 모든 순간이 완벽하다는 것을 알게 될 것이다. 어느 누가 우리에게 거절하는 것은 그리 대단한 일이 아니다. 어쩌면 우리가 바라는 것이 그 순간에는 우리에게 알맞거나 완벽한 것이 아닐 수도 있다. 자기 자신을 사랑하고 받아들일 때 우리는 다른 사람들의 말이나 생각에 의존하지 않게 된다. 그런 말이나 행동을 개인적인 것으로 받아들이지 않는 것이다.

믿음이 있는 사람은 수많은 거절의 순간 속에서도 더 크고 더 나은 것이 다가오고 있다는 것을 알며, 확신하고 신뢰하면서 기다린다. 반면에, 길을 잃고 혼란스러워하는 사람들은 자신의 내면에서 깊은 두려움을 느끼고 있다는 것을 알지 못한다.

거리의 청소부에서부터 한 나라의 대통령에 이르기까지 모든 사람이 두려움을 느낀다. 두려움은 사회적 신분이나 위계를 따지지 않는다. 단지 어떤 사람들은 기꺼이 두려움을 느끼면서 어떻게 해서든 뚫고 나간다는 차이가 있을 뿐이다.

이렇게 변화하려면 용감해야 한다. 우리가 스스로 변화

하지 않으면 아무도 우리 대신 변화시켜주지 않을 것이다. 예수도 부처도 우리를 구원하기 위해 다시 돌아오지는 않을 것이다. 우리의 변화를 위해 필요한 것은 이미 우리의 내면에 있다. 변화는 내면에서 일어난다. 여기에 다른 길은 없으며 지름길도 없다. 우리는 저마다 자신의 길을 선택한다. 더 용감할수록 더 멀리 갈 수 있으며, 그 길에서 더 많은 가능성이 주어진다.

두려움은 단지 우리의 마음속에만 존재할 뿐이다. 이것은 반가운 소식이다. 두려움은 우리가 창조한 것이다. 그래서 오직 우리 자신만이 두려움을 변화시킬 수 있다. 우리는 기억들과 믿음들을 지울 수 있으며, 우리가 살아가는 데는 그것들이 필요하지 않다. 우리의 자유는 이 과정에 달려 있다. 스스로 마음속에서 만들어낸 감옥을 버릴 때, 우리는 영혼으로 가는 문을 열고 자유를 되찾을 수 있다.

용기와 마찬가지로 두려움과 고통 역시 우리가 선택하는 것이다. 그것들은 매 순간 우리의 선택에 달려 있다. 때로는 도중에 멈추고 과감히 변화할 필요가 있다. 어떤 면에서 우리는 진정으로 살기 위해 먼저 죽어야 한다. 여기에서 말하는 죽음이란 진정한 자신이 아닌 것들, 자기 자신이라고 믿었던 것들, 남들에게 보이려 했던 자기의 이미지들, 심지어 자신까지 믿게 만들려 했던 거짓 이미지들의 죽음을 의미한다.

두려움이 일어나는 까닭은 안 좋은 일이 일어날 것이라고 상상하고, 우리가 상상하는 안 좋은 일들이 실제로 일어날 것이라고 믿기 때문이다. 두려움 역시 산을 움직일 수 있다.

"얼마나 성공적인 삶을 살았는지를 판단하는 기준은 우리가 성취한 것들이 아니라 우리가 직면해야 했던 장애물들이다"라는 글을 읽은 적이 있다. 행복은 모퉁이 바로 옆에, 우리가 용기 내어 돌지 못하는 모퉁이의 바로 옆에 있는 경우가 많다.

6장

사랑

사랑은 전사의 검이다.
사랑이 무엇을 베든
사랑은 죽음이 아니라 생명을 준다.
_댄 밀먼,《평화로운 전사의 길》

어떤 사람이 인디고 소녀에게 사랑에 관해 묻자, 그녀는 이상한 질문이라는 듯이 웃고 나서 대답했다.

"사랑에 관해 말할 수는 없어요. 말할 수 있다면 그것은 진정한 사랑이 아닐 거예요. 사랑은 말과는 아무런 상관이 없으니까요."

그 사람이 다시 물었다.

"그렇다면 무엇이 진정한 사랑인가요?"

그녀는 다시 한 번 웃으며 말했다.

"같은 질문을 반복하시는군요. 말로 표현하는 것이 얼마나 어려운 일인지 모르시겠어요?"

생각하지 않으려고 아무리 노력한다 해도 생각하지 않는 것은 거의 불가능하다. 우리는 모든 것을 지성으로 이해하려 늘 애쓰고 있으며, 그렇게 이해한 것들을 입 밖으로 쏟아내고 싶어 한다. 하지만 마음은 사랑을 이해할 수 없다. 왜냐하면 사랑은 '생각하는 것'과는 아무 상관이 없기 때문이다.

댄 밀먼은《평화로운 전사의 길》이라는 책에서 말한다.
"사랑은 이해될 수 있는 것이 아니다. 사랑은 느껴야 하는 것이다. 삶은 완벽함과 승리를 상상하지 않는다. 삶은 오직 사랑일 뿐이다. 우리는 항상 정신적 개념으로 모든 것을 바꾸려고 한다. 그런 건 잊어버려라, 그냥 느껴라!"

어느 날 나는 두 아들에게 아무 조건 없이 사랑한다고 말했다. 그 아이들이 무엇을 하든 하지 않든, 어떤 행동을 하든 상관없이, 그 아이들이 대학을 졸업하든 하지 않든 상관없이 사랑한다고 했다. 아이들은 눈을 동그랗게 뜨고 나를 바라보았다. 마치 지금까지 살아오면서 이렇게 이상한 이야기는 처음 들어보았다는 듯이.

우리는 나쁜 습관을 많이 가지고 있으며, 그런 습관들을 자녀에게 물려준다. 우리는 그렇게 대물림되는 습관들을 익히며 살아간다. 우리는 더 나은 길을 알지 못한다. 어린 시절부터 남들의 사랑과 인정을 얻으려면 어떤 식으로 행동하고 어떤 행위들을 해야 한다고 배운다. 하지만 불행히도 그런 과정을 거치는 동안, 우리는 자기 자신을 사랑하고 받아들이는 법은 배우지 못한다. 그리고 역설적으로, 사람들은 우리가 자신을 대하는 대로 우리를 대한다. 남들에게 사랑받고 인정받고 싶어 하지만, 자기 자신을 사랑하지 못하기에 우리는 남들에게도 사랑받지 못하는 것이다.

자기 자신을 사랑하지 않고는 다른 누구도 사랑할 수 없다. 이러한 진실을 받아들이지 못하기에 우리는 자기 자신을 속이고 남들까지 속이고 있다. 무엇보다 중요한 것은 우리 자신을 있는 그대로 받아들이고 사랑하는 법을 배우는 것이다. 남들을 위해 어떻게 하는 것은 효과가 없다. 나에게 효과가 없는 것은 다른 사람에게도 역시 효과가 없다. 특히 어머니들은 자신에게 중요한 것을 포기하고 자녀들을 위해 희생해야 한다고 믿는다. 하지만 어머니가 자녀에게 줄 수 있는 최고의 선물은 자기 자신을 사랑하는 것이다. 그러면 자녀들은 어머니의 모습을 지켜보면서 자기를 사랑하는 법을 배우게 되며, 엉뚱한 곳에서 사랑을 찾으려 하지 않게 된다. 우리가 올바른 자리에 있으면 다른 사람들도 올바른 자리에 있게 된다.

남들을 위해 어떤 식으로 행동하고 어떤 행위들을 함으로써 사랑을 받으려고 애쓸수록, 우리가 정말로 원하는 것을 경험할 가능성은 점점 더 멀어진다. 우리는 남들이 우리를 어떻게 생각할지에 관심을 두는 대신, 매 순간 우리의 삶을 즐기며 행복해지는 법을 배워야 한다. '나는 나 자신을 어떻게 생각하는가?'야말로 무엇보다 중요한 것이다. 가장 강력한 변화의 도구는 자기 존재를 향한 사랑이다. 사랑은 자기 자신과 함께 시작한다. 사랑을 외부에서 찾는 것은 소용없는 일이다. 사랑은 외부에 존재하지 않는다. 우리는 이유도 모른 채 언제나 남들에게 사랑을 구걸하느라, 잘못된 곳에서 사랑을 찾느라 대부분의 삶을 허비해 버린다.

　우리가 흔히 범하는 또 하나의 큰 실수는 짝이나 배우자가 있어야 행복해질 수 있다고 생각하는 것이다. 우리가 그리도 갈망하는 행복을 다른 사람이 줄 것이라고 믿는 것이다. 그러나 자신을 사랑해 주는 사람을 찾았다고 해서 행복해지는 것은 아니다. 우리는 자기 자신을 완전하지 못하다고 느끼며, 자기에게 부족하다고 생각하는 것을 다른 사람에게서 찾는다. 하지만 이것은 시간 낭비일 뿐이다. 자기 안에서 사랑을 찾아야 한다. 한번 자기 안에서 사랑을 발견하면, 자기에게 만족하게 되면, 자기를 있는 그대로 받아들이고 사랑하게 되면, 사실은 다른 사람이 '필요하지' 않다는 것을 깨닫게 된다. 그때 우리가 누군가를 찾으려 한다면, 그것은 어떤 사람과의 관계가 '필요하기' 때문이 아니라, 우리가 그 관계를 '원하고' '선택하기' 때문이다. 필요가 아니라 선택으로 자유롭게 행동하는 것이다.

자기 자신에 대한 믿음이 부족하기에 우리는 진실한 사랑을 하지 못한다. 진실한 사랑을 한다고 말할 때도 사실은 소유하는 사랑을 한다. 예를 들어, 어머니들은 아이들이 있는 그대로 자라나도록 내버려 두지 않으며, 아이들은 어머니의 생각과 견해, 인식의 노예가 되어버린다. 가끔 우리는 인간관계를 맺고 있는 어떤 사람에게 심한 질투를 느끼기도 한다. 이것은 참된 사랑이 아니지만, 우리는 달리 어찌하지를 못한다. 이런 현상들은 우리의 머릿속에서 오래된 테이프들이 반복해서 재생되고 있기 때문이다. 우리는 사람들을 있는 그대로 보지 못하고 생각과 기억을 통해서 본다.

하와이의 전통적인 기법인 호오포노포노에서는 중요한 두 가지 도구를 사용하는데, 그것은 "사랑해요"와 "고마워요"라는 말이다. 우리가 이 말들을 소리 내어 말하거나 누군가에게 들려주면, 이 말들은 대단히 강력한 효과를 발휘하게 된다. 가끔 내키지 않아도 다음과 같이 해보면 큰 효과를 보게 될 것이다. 즉, 어떤 사람이 당신에게 부당해 보이는 행동을 하거나 불편하게 하는 말을 할 때, 곧바로 대응하거나 불편한 기색을 내비치거나 당신이 옳다는 것을 납득시키려 하는 대신, 이 말들을 마음속으로 충분히 많이 반복해 보라.

"사랑해요. 사랑해요. 사랑해요."
"고마워요. 고마워요. 고마워요."

그러면 깜짝 놀랄 만한 결과가 나올 때가 많다. 때로는 기대하지도 않았는데 상대방이 용서를 구하기도 한다. 다른 경우에도 상황은 달라진 것이 없지만, 더이상 그 상황에 주의를 기울이거나 영향을 받지 않게 된다. 우리는 어떤 사람들에 관해서는 더 많은 이야기, 더 많은 테이프를 가지고 있다. 잊지 말아야 할 점은 우리가 어떤 사건이나 사람, 상황을 어떻게 인식하느냐에 따라 모든 것이 변한다는 것이다. 이는 모든 사람에게 적용된다. 모든 것은 그들의 인식과 관점, 기억에 따라 좌우된다. 우리의 삶이 마치 예전에 이미 많이 본 영화와 같고 스스로 반복 상영되고 있는 영화

와 같은 까닭은 영화가 상영될 때마다 우리가 계속 무의식
적으로 반응하기 때문이다.

문제가 생길 때마다 우리가 보이는 무의식적인 반응은
기억들이 반복되는 것이다. 문제들은 우리가 이미 과거에
마주쳤지만 해결하지 못한 장애물인 경우가 많다. 그래서
그런 상황은 우리에게 다른 식으로 반응할 기회를 주기 위
해 돌아온다고 할 수 있다. 사람들은 종종 우리가 해결해야
할 문제를 보여주기 위해 우리 삶에 들어온다. 인간관계는
우리의 모습을 비추어주는 거울과 같다. 우리에게는 무의
식적으로 반응하지 않을 선택권이 있다. 다른 뺨, 즉 사랑
의 뺨을 내밀 수 있다.

이 점을 이해하면 우리는 스스로 책임지겠다는 선택을
할 수 있다. 예를 들어, 자녀들과 문제가 있는 사람이라면
아이들이 잠들어 있을 때 그들에게 조용히 이야기하는 것
이 좋은 방법이다. 사랑한다고, 자신의 삶 속에 함께 있어
주어 고맙다고 얘기해 보라. 그 말로 충분하다. 아이들이

요청하지 않으면 자신의 관점을 얘기하지 않는 것이 좋다. 자신이 옳고 아이들이 틀렸다는 것을 납득시키려 한다면 별 효과가 없을 것이다. 어떤 것이 우리 자신에게 가장 좋은지를 알기는 무척 어렵다. 하물며 다른 사람들에게 무엇이 가장 좋은지를 우리가 어떻게 알 수 있겠는가?

　감사하는 것도 매우 강력한 도구다. 우울하고 슬플 때 가장 좋은 방법은 감사할 수 있는 삶의 모든 좋은 것을 생각해 보는 것이다. 그러면 우리의 에너지가 금세 변화할 것이며, 우리는 고양되어 문제 너머로 가게 될 것이다. 가끔 우리는 이미 자신에게 있는 것들을 알아차리지 못한다. 왜냐하면 자신에게 이미 있는 것들이 아니라, 자신에게 결핍되어 있다고 '생각되는' 것들에 관심을 기울이고 있기 때문이다. 사실 우리에게는 이미 모든 것이 있다. 이미 사랑도 있다. 그래서 받도록 허용하기만 하면 그 모든 것을 경험할 수 있다.

　행복에 이르는 비밀은 외부를 바라보거나 더 많은 것을

구하는 데 있지 않다. 자기 자신을 더 많이 사랑하고 즐길
수 있는 능력을 계발할 때 우리는 행복에 이를 수 있다.

7장

가장 쉽고 빠른 길

신이 우리에게 유일하게 바라는 것은
우리가 자신을 잘 돌보고
"미안합니다"라고 말하는 것입니다.
_이하레아카라 휴 렌 박사

무의식적인 삶에서 깨어나 영적 탐구를 시작하면서 나는 진리에 이르는 여러 가지 방법을 배우고 실천했다. 더 많이 배우고 실천할수록, 더 쉽고 빠른 길이 분명 있을 것이라는 내면의 직감은 점점 커져갔다. 그러다가 마침내 호오포노포노를 발견하게 되었지만, 처음에는 내가 발견한 것이 무엇인지 즉각 실감하지는 못했다. 나는 호오포노포노의 훈련 과정을 여러 번 이수했는데, 하루는 이하레아카라 박사의 강의를 듣다가 이것이 바로 내가 그동안 찾고 있던 길이라는 것을 깨닫게 되었다. 이것으로 충분했고 다른 것은 필요하지 않았다. 감사하게도 나의 오랜 길

찾기가 드디어 끝났던 것이다.

무엇보다 나는 더이상 어떤 스승이 필요하지도 않고 어떤 스승에게 의지할 필요도 없다는 것을 알게 되었다. 호오포노포노는 혼자서도 할 수 있는 과정이기 때문이다. 그것은 우리가 신성(神性)과 직접 통해 있기에 가능하다. 필요한 것은 ("미안해요, 용서해 주세요"라고 말함으로써) 정화하고 지우는 것뿐이다. 스스로 백 퍼센트 책임을 지고 정화를 할 때, 나는 모든 것을 신의 손에 맡기고 있다. 그래서 정화를 하는 동안에는 걱정할 이유가 없다. 신은 분명 나를 완벽한 때에 올바른 자리에 있게 해주기 때문이다. 내가 정화를 하고 있는 한, 누군가가 늘 나를 보살펴줄 것이다.

전통적으로 내려오는 지혜로운 가르침인 호오포노포노를 통해 나는 삶을 변화시키는 도구를 갖게 되었다. 이 마지막 장에서는 호오포노포노의 가장 중요한 핵심들을 요약하고 싶다. 개념들은 아주 간단하다. 신성이 우리에게 요구하는 것은 스스로 온전한 책임을 지는 것, 용서를 구하고 우리 자신을 잘 돌보는 것뿐이다. 그게 전부다!

백 퍼센트 책임을 지는 것이 가장 빠른 지름길이다. 모든 것을 분명히 보지 못하도록 우리의 시야를 흐리는 것이 단지 '우리의 낡은 프로그램'일 뿐임을 깨닫게 되면, 그리고 외부의 요인들에 대한 비난을 멈추고 온전한 책임을 지기로 결심하게 되면, 바로 그때 천국의 문이 열리고 우리는 무한한 가능성의 상태에 이를 수 있다.

반면에, 우리가 어떤 사람이나 사건에 대해 화를 내면 우리는 자유를 잃게 된다. 우리는 미워하는 자신의 감정에 스스로 얽매여 그 감정의 노예가 되는 것이다. 이런 식으로는 자신에게 상처를 줄 뿐이다.

우리는 용서를 통해 자유로워질 수 있다. 용서는 가장 쉽고 빠른 길의 일부다. 하지만 우리가 어떤 사람을 용서했다는 것을 다른 사람에게 말할 필요는 없다. 용서는 혼자서 마음속으로 하는 일이다. 용서는 우리가 "미안해요, 이 상황이나 문제를 창조한 내 안의 것을 용서해 주세요"라고 말할 때 신과 우리 사이에 일어나는 과정이다.

그렇다고 해서, 예를 들어 내 경우에, 더이상 화가 일어나지 않는다는 것은 아니다. 더이상 반응하지 않는 것도 아니고, 아무 문제를 겪지 않는 것도 아니다. 하지만 이전과 가장 큰 차이점은 내 화가 단지 몇 분 정도만 지속된다는 것이다. 내가 나의 중심으로 돌아오고, 스스로 상기시키며 자각하면 그 화는 끝이 난다. 그때 나는 스스로에게 말한다.

"내가 이것을 창조하고 있어. 이것들은 다른 사람들에 관한 나의 생각일 뿐이야. 이것은 나 자신의 프로그램과 기록, 인식의 산물일 뿐이야. 나는 그것을 지울 수 있어."

이 간단한 과정은 말로 표현할 수 없는 평화를 가져다준다. 왜 그런 것일까? 나는 "그가 어떻게 나에게 그렇게 말할 수 있지? 어떻게 그녀가 내게 그런 짓을 할 수 있지?"와 같은 생각에 갇혀 있지 않기 때문이다. 나는 상대방이 어떤 식으로 변화하거나 반응하거나 어떤 행동을 하기를 기대하지 않는다. 얼마나 다행인지! 나는 외부의 어떤 사람이나 어떤 것에도 의존하지 않는다. 나 자신이 완벽하기를 기대하지도 않으며, 온 세상을 만족시키려 하지도 않는다. 누구에게도 내 관점을 납득시킬 필요가 없다.

나는 우리 모두에게 자유의지가 있으며 모든 사람이 똑같은 것을 선택하지는 않는다는 점을 존중하고 이해하는 법을 배웠다. 이러한 진실을 인정할 때 나는 한없이 평화로워진다. 문제라는 것은 없다. 좋은 것, 나쁜 것이라는 구별도 우리가 마음속에서 만들어낸 한계들일 뿐이다. 자기 자신을 사랑하고 보살필 때, 우리는 다른 사람들도 사랑하고 보살피게 될 것이다.

이제, 우리를 자유롭게 하는 이 과정의 핵심들이 무엇인지 알아보자.

● 무엇보다도 우선 우리의 삶에 완전한 책임을 질 필

요가 있다. 우리는 "미안해요, 이것을 창조하는 내 안의 것을 용서해 주세요"라고 말하는 법을 배워야 한다. 이렇게 우리는 스스로 책임을 지며, 그로부터 용서와 변형의 과정이 시작된다. 우리는 자기 자신을 용서하고 있는 것이다. 우리는 기억을 공유하므로, 스스로 책임을 지고 이러한 기억들이 지워지도록 용서를 구하는 것으로 충분하다. 그 기억들이 당신의 의식에서 지워지면 다른 사람들의 의식에서도 지워진다. 하지만 이 정화 작업은 다른 사람이 아니라 자신을 위해 한다는 점을 기억하는 것이 중요하다. 우리는 다른 사람이 아닌 자기 자신을 구원하기 위해 이곳에 있는 것이다. 하지만 이 과정의 아름다운 점은 그 혜택이 모든 사람에게 돌아간다는 것이다.

● 지성은 아무것도 모르지만, 우리의 내면에는 자신에게 완벽하고 알맞은 것이 무엇이며 그것을 이루는 최선의 길이 무엇인지를 아는 부분이 있다는 점을 인정하고 내맡기는 것 역시 중요하다. 우리가 허용하기만 하면, 그것을 아는 그 부분은 우리의 모든 문제를 위한 가장 알

맞고 완벽한 해결책을 발견하도록 안내할 것이다.

● 이 '정화'의 효과를 보려면 숨 쉬듯이 항상 정화하는 것이 중요하다. 숨 쉬는 일을 잊어버리면 어떤 일이 일어날까? 정화 역시 마찬가지다. 언제나 정화를 해야 한다. 물론 우리는 인간이므로 잊어버릴 때가 많을 것이다. 어쩔 수 없이 무의식적으로 반응할 때도 많을 것이다. 중요한 것은 가능한 한 자주 정화를 실천하는 것이다. 비록 겉으로는 아무 일도 일어나지 않는 것처럼 '보이거나' 아무 문제도 일어나지 않는 것처럼 보일 때도 말이다. 왜 그래야 할까? 마음은 계속해서 테이프를 돌리고 있기 때문이다. 우리가 기록한 프로그램들은 우리가 알아차리지 못할 때도 계속해서 반복되고 있다.

다행히도 우리는 언제나 그것을 지울 수 있다. 이를 통해 새로운 아이디어와 기회들이 삶에 나타나도록 허용할 수 있으며, 그런 기회들은 우리가 거의 예상하지 못했던 사람들과 장소에서 올 때가 많을 것이다. 실천하고, 실천하고, 또 실천할 필요가 있다. 우리는 평생에 걸쳐 무의식적으로 반응하고 고통 받는 것을 연습해 왔다. 이러한 반응과 고통은 우리의 삶에 너무 깊이 스며들어 우리는 거의 자동적으로 반응하며 고통을 받게 되었다. 우리는 이런 삶의 방식에 중독되었다고 해도 과언이 아닐 만큼 전문가들, 달인들이 되어버렸다.

그래서 처음에는 정화하는 것이 어려울 수도 있다. 하지만 우리가 숨 쉬는 것처럼 일상생활 중에 정화를 계속하다 보면, 나중에는 저절로 정화를 하게 될 것이다. 왜냐하면 자신이 달라지는 것을 점점 더 느끼며 효과들이 나타나는 것을 볼 것이기 때문이다. 우리는 삶이 변하는 것을 알아차리게 되며, 깊은 내면의 평화를 경험하기 시작한다.

● 기대를 하지 않는 것이 중요하다. 마음을 열고 유연해지는 것이 비결이다. 우리는 어디에서 결과가 나타날지를 알 수 없기 때문이다. 우리에게 알맞은 것이 오리라는 것을 믿어야 한다. 어쩌면 그것은 우리가 기대하던 것이 아닐 수도 있지만, 사실은 우리에게 알맞은 것이다.

기대와 다른 것이 오는 까닭은 우리가 응답을 받지 못했기 때문이 아니다. 그것은 하나의 시험일 수도 있고, 혹은 우리가 아직 그것을 받아도 좋은 상태에 있지 않기 때문일 수도 있다. 우주가 우리를 깜짝 놀라게 할 수 있도록 허용해야 한다. 그러면 믿어지지 않을 만큼 놀라운 선물을 받게 될 것이다.

우리가 요청하면 받는다는 것은 우주의 법칙이다. 우주는 반응하게 되어 있다. 요청하고, 그것이 올 수 있도록 허용해야 한다. 요청을 하는 한 가지 방법은 호오포노포노의 도구들을 이용하는 것이다. 하지만 결과에 관해서는 집착하지 말아야 한다. 이것은 우리에게 알맞고 완벽한 것이 올 것이라는 점을 알고 신뢰할 때 그렇게 할 수 있다.

이제, 우리의 마음속에서 반복되는 프로그램들을 지우는 도구들을 소개하고 싶다. 내가 나누고 싶은 가장 중요하고 기본적인 도구는 "고마워요"와 "사랑해요"다. 예를 들어, 그저 마음속으로 "고마워요, 고마워요, 고마워요"라고 늘 반복하기만 하면 된다. 당신에게 필요한 것은 오직 그것 뿐이다. 이런 말들로 우리는 테이프를 중단시키고, 신이 우리 자신과 우리의 문제들을 보살피도록 허용한다.

사람들은 내게 자주 묻는다. "사람들이 내게 얘기하고 있을 때, 만일 내가 '고마워요'를 생각하고 있다면 어떻게 그 사람의 말에 관심을 기울일 수 있을까요?" 사람들은 자신이 정말로 말하고 싶은 것을 잘 말하지 않는다. 먼저 이 점을 기억하는 것이 중요하다. 만일 어떤 사람이 자기의 문제를 얘기한다면, 그들은 우리가 공유하고 있는 기억을 지우고 정화할 기회를 주기 위해 그러고 있을 뿐이다. 그들은 우리의 스크린이며 모니터일 뿐이라는 점을 기억하라.

다음번에는 반응하기 전에, 즉 조언하거나 의견을 말하기 전에 "사랑해요"나 "고마워요"를 생각해 보라. 그러면 아마 당신은 그들에게 필요하다고 생각되는 말 대신에, 그들이 정말로 들을 필요가 있는 말을 하게 될 것이다. 때로는 상대방에게 얘기하거나 대답하거나 어떤 말을 할 필요조차 없다. 아무 말 하지 않아도 그 사람의 기분이 좋아지거나, 신기하게도 문득 그들 스스로 문제에 대한 대답을 찾게 될 것이다.

"사랑해요"와 "고마워요"는 암호들이다. 아이들 때문에 걱정하거나 돈 문제로 근심하거나 누군가에게 화나 있을 때, 나는 나의 지성이 나서서 재잘대도록 허용하지 않는다. 나는 마음속으로 "사랑해요, 사랑해요, 사랑해요"를 반복한다.

이 방법은 분명히 효과가 있지만 사람마다 경험하는 바는 다르다는 점을 기억할 필요가 있다. 예를 들어, 즉각적인 효과를 보는 사람들도 있는 반면, 어느 정도 시간이 지난 뒤에 효과를 보는 사람들도 있다. 혹은 효과가 있었더라도 한참 세월이 흐른 뒤에야 알아차릴 수도 있다.

예전에 열여섯 살이던 아들 라이오넬에게, 몸을 다치면 "고마워요"를 생각하라고 말한 적이 있다. 어느 날 아침 식사를 하고 있을 때 아들이 다친 곳을 보여주었다. 나는 아들에게 "얘야, '고마워요'라고 말했니?"라고 물었다. 아들은 "예, 엄마. 그리고 그것도 아세요? 좌절하거나 걱정될 때도 그 말을 사용해요. 그러면 마음이 정말 편안해져요." 그 순간 나는 육체적이든 감정적이든 어떤 종류의 고통에도 "고마워요"를 사용할 수 있음을 기억했다.

언젠가는 아들에게 "얘야, 내 말이 이상하게 들릴지 몰라도 그 말들은 정말 효과가 있단다"라고 말하자, 아들이 말했다.

"그래요 엄마, 정말 효과가 있어요. 학교에서 어떻게 해야 하는지 제게 말씀하셨던 거 기억하세요? 그렇게 한 뒤 성적이 좋아지기 시작했어요."

얼마 전에는 모든 선생님과 사이가 너무 좋아져서 믿어지지 않을 정도라고 말했다.

육체적인 문제나 질병 역시 정화되고 지워질 수 있는 기억이라는 점을 말하고 싶다. 사람들은 고통이나 병을 다루지만, 문제가 있는 곳은 그곳이 아니다. 문제는 테이프가 재생하고 있는 기억 속에 있다. 그렇다면 어느 기억 속에 있는지를 어떻게 알 수 있을까? 그것을 어떻게 찾아낼 수 있을까? 우리는 어떤 기억인지 어떤 기록인지를 알 필요가 없다. 왜냐하면 신(사랑)이 알고 있기 때문이다. 필요한 것은 허용하는 것뿐이다. 예를 들어, "고마워요" "사랑해요"를 반복하면, 신은 그런 기억들뿐 아니라 같은 테이프의 다른 기억들까지 담고 있는 프로그램을 지워줄 수 있다. 우리가 의식하지 못하는 기억들까지 알아서 지워주는 것이다. 그러나 우리는 먼저 허용해야만 한다. 그렇지 않으면 신은 어떤 것도 할 수 없다.

작은아들 조나단은 여자 친구와 다투는 일이 많았다. 나는 아들에게 다음에 또 다투게 되면 입을 다물고 조용히 마음속으로 "사랑해요"라는 말을 반복하라고 얘기해 주었다. 며칠 후, 아들은 내게 전화를 걸어 할 얘기가 있다고 했다. 그러고는 여자 친구와 갈등이 있었는데 이번에는 그녀를 때려버리고 싶을 정도로 너무 화가 나서 스스로도 몹시 걱정이 될 정도였다고 말했다. 그래서 아들에게 "마음속으로

'사랑해요'라고 말했니?"라고 묻자, 아들은 "예, 엄마. 그렇게 말하자 화가 사라졌어요"라고 대답했다.

틀림없이 어떤 사람들은 이 방법이 너무 쉬우며, 이렇게 쉬울 수는 없다고 생각할 것이다. 나도 동의한다. 이것은 쉬워 보이고 또 실제로 쉽다. 이 과정 자체는 아주 쉽지만, 계속해서 실천하는 것은 어려운 부분이다. 삶의 매 순간 우리는 백 퍼센트 책임을 지고 우리의 프로그램을 지울 기회를 맞이한다. 하지만 흔히 우리는 반응하고, 걱정하고, 판단하며, 견해를 짓는다. 이렇게 하면서 시간과 에너지를 낭비한다. 문제들이 실제로는 문제가 아니라는 점을 기억하는 것만으로도 충분하다. 문제들에 대해 반응하는 방식이 문제다. 그 문제에 관해 우리가 갖는 견해와 판단들이 진짜 문제다. 문제에 관한 우리의 인식이 문제인 것이다.

놓아버리는 대신 반응하기를 선택할 때마다 우리는 진정한 자신, 진정한 존재를 희생하게 되는데, 이것이 가장 안좋은 부분이다. 우리가 그렇게 하는 이유는 항상 자신이 옳기를 바라는 습관 때문이다.

우리에게는 두 가지 선택이 있다. 하나는 진정한 자신으로 사는 것이고, 다른 하나는 테이프에 따라 사는 것이다. 전자는 신성한 영감의 인도를 받으며 사는 것이고, 후자는 과거에도 효과가 없던 낡은 프로그램에 따라 사는 것이다. 더 많은 프로그램을 지울수록, 우리는 진정한 자신을 더 많이 경험하게 된다. 이 세상에서 우리가 존재하는 유일한 이유는 자신이 진정 누구인지를 깨닫는 것이다. 호오포노포노의 도구를 이용하여 정화함으로써 우리는 진정한 자신을 발견할 수 있다.

이런 도구들을 이용할 때 우리는 온전한 책임을 지며, "미안해요, 이 문제를 일으키는 내 안의 것을 용서해 주세요"라고 말하고 있다. 우리는 요청하고, 놓아버리며, 신에게 맡기고 있는 것이다.

우리가 정화를 하는 이유는 무엇일까? 왜 우리는 용서를 구하는 것일까? 자유롭기를 원하기 때문이다. 우리가 믿기로 선택했던 거짓말들에 따라 사는 데 지쳤기 때문이다. 그리고 이미 충분히 고통을 받았기 때문이다. 이제는 우리 자신을 찾고, 행복하게 삶을 즐기며, 우리 자신을 있는 그대로 사랑하고 받아들일 때다.

인간은 본래 행복하도록 창조되었다. 우리가 행복할 때 모든 일은 쉽게 이루어진다. 정말 그렇다는 것을 알아차린 적이 있는가?

이 여정은 길다. 우리에게는 정화하고 지워야 할 것이 많다. 정화는 하루 24시간 동안 이루어져야 하는 일이지만 그 보상은 헤아릴 수가 없다. 이 과정을 통해 우리는 사랑을 경험하고, 삶을 즐길 수 있으며, 우리가 이미 완전한 존재라는 것을 발견할 수 있다. 우리는 필요한 모든 것을 아무 노력 없이 끌어당길 수 있다. 그리고 진정한 자신으로 존재하는 법과 무조건적인 사랑을 배울 수 있다.

우리는 고통과 행복, 병과 건강, 두려움과 사랑 중에 어느 한쪽을 선택할 수 있다. 우리가 무엇을 선택하든 괜찮을 것이다. 그것은 우리의 선택이 될 것이다.

자기 자신을 잘 돌보라.
모든 사랑을 전하며.

'나'의 평화

당신에게 평화가 함께하기를,

나의 모든 평화가.

'나'인 평화,

늘 있고, 지금도 있으며,

영원히 있는 그 평화가.

나의 평화를 '나'는 당신께 드리고,

나의 평화를 '나'는 당신께 맡깁니다.

세상의 평화가 아니라, 오직 나의 평화를.

'나'의 평화를.

호오포노포노를 이해하는
가장 쉬운 길

자주 묻는 질문과 답변

마벨의 메모

전 세계를 여행하며 호오포노포노를 소개하는 동안, 저는
우리 모두의 질문과 관심사가 다르지 않다는 것을 깨닫게
되었습니다. 그리고 일부 정보들이 분명히 해명되지 않아
오해를 불러일으키고 있다는 것도 알게 되었습니다.

　지금까지 배운 것들을 모두 놓아버리고 우리에게 프로
그램된 모든 것을 지우는 유일한 방법은 귀 기울여 듣고 또
들으며, 읽고 또 읽는 것입니다. 제 경험에 따르면, 저의 지
성이 그런 것들을 흔쾌히 놓아버리기 위해서는 약간의 이
해가 필요했습니다.

저는 질문들을 사랑합니다. 질문은 영감을 받을 기회를 주기 때문입니다. 그래서 저는 세계 곳곳을 여행하며 호오포노포노를 알리는 동안 자주 받았던 질문들에 대한 대답을 모으기로 했습니다.

이 대답들이 여러분의 질문에 답이 되고 의문을 해소해주며 더 많은 정화를 하는 데 도움이 되기를 바랍니다. 정화가 무엇인지 잘 모르겠다면 이 책에 담긴 설명을 잘 읽어보시기 바랍니다.

호오포노포노를 실천하면 결과들이 나타나고 우리 모두에게 이로워집니다. 호오포노포노를 통해 여러분은 100퍼센트 책임을 지는 법을 배우게 될 것입니다.

호오포노포노는 진정한 자신이 아닌 것들을 놓아버리게 합니다. 그러면 여러분은 진정한 자기 자신이 누구인지를 알게 되며 자신과 사랑에 빠질 수 있습니다. 자기 자신을 사랑하고 받아들일 때만 다른 사람들도 사랑하고 받아들일 수 있습니다.

진정한 자기 자신을 찾게 되면, 자신의 열정도 찾게 될 것입니다. 자신의 열정을 찾고 신뢰하면, 자신의 목적도 발견하게 될 것입니다. 자신의 목적을 찾고 자신이 사랑하는 일을 하면 돈은 따라올 것입니다.

자신이 사랑하는 일을 하면, 여러분은 행복할 것입니다. 그리고 알맞은 때에 알맞은 장소에 있게 되며, 다른 사람들도 그렇게 될 것입니다.

평화와 행복, 사랑, 그리고 부와 성공에 이르는 가장 쉬운 길은 100퍼센트 책임을 지는 것입니다. 여러분은 그 점을 깨닫게 될 것입니다.

호오포노포노는 무엇인가요?

호오포노포노는 고대 하와이 사람들의 문제해결 기법입니다.

다른 곳과 마찬가지로 하와이에도 여러 종교가 있는 까닭에 하와이 사람이라고 해서 모두가 호오포노포노를 실천하는 것은 아닙니다. 하와이 사람들 중에는 호오포노포노를 전혀 모르는 사람들도 있습니다.

모르나 시메오나 여사(휴 렌 박사의 스승)는 이 가르침을 현대 사회에 맞게 개선하여 우리에게 전해 주었습니다.

과거에는 가족 전체가 참여해서 한 사람씩 서로에게 용서를 구했습니다. 그러나 이제 우리는 외부에는 누구도 존재하지 않는다는 것을 알게 되었습니다. 그것은 단지 다른 사람에 관한 생각들이며, 다른 사람에 관한 우리의 기억들일 뿐입니다. 그러므로 우리는 100퍼센트 책임을 지고 이 기억들을 정화합니다. 우리에게서 지워지는 기억들은 다른 사람, 가족, 친척, 조상, 지구에서도 지워집니다. 모든 것에서 지워집니다. 우리는 이제 다른 사람들 앞에서 용서를 구할 필요가 없으며, 자신의 집에서 그렇게 할 수 있습니다. 모든 기억은 우리의 내면에 있으며, 정화하는 동안 우리 안에서 지워지는 것들은 우리와 함께 있지 않은 사람들에게서도 지워지게 됩니다.

호오포노포노는 '잘못을 바로잡는 것', '오류를 정정하는 것'을 의미합니다.

우리 삶에 나타나는 모든 것은 (오류를) 재생하는 기억이며 프로그램입니다. 그것들은 놓아버리고 정화하며 지울 기회를 주기 위해 우리의 삶에 나타납니다.

호오포노포노는 컴퓨터 키보드의 삭제키와 같습니다. 예를 들어, 어떤 단어의 철자를 잘못 입력했을 때 당신은 모니터에 대고 "내가 이 단어의 철자를 얼마나 많이 얘기해줬는데 틀리지?"라고 이야기하지 않습니다. 그래봐야 모니터는 어떻게도 할 수 없다는 것을 알기 때문입니다. 하루종일 모니터에 대고 그런 얘기를 해봐도 모니터는 '나보고 뭘 어쩌라는 거지?'라는 듯이 당신을 바라볼 것입니다.

어떤 것을 변화시키고 싶다면 먼저 지운 뒤, 올바른 정보가 들어갈 빈 공간을 만들어야 합니다.

호오포노포노는 우리를 그 공(空), 제로(zero)의 자리로 되돌아가게 해줍니다. 그러면 우리의 삶에 영감이 떠올라 우리를 안내해 줍니다. 그러면 우리는 올바른 때에 올바른 장소에 있게 됩니다.

100퍼센트 책임을 진다는 의미는 무엇인가요?

우리는 삶의 모든 것을 끌어당기고 있습니다. 알아차리지는 못해도, 내면에서 재생되는 기억들은 삶의 모든 것을 끌어당깁니다. 당신에게는 창조의 시작부터 계속 쌓아온 데이터와 프로그램, 정보, 기억들이 담겨 있습니다. 그러므로 당신이 경험하는, 문제들로 재생되는 모든 기억에 대한 책임은 당신에게 있습니다.

당신은 완벽하게 창조되었습니다. 당신은 완벽합니다. 완벽하다는 것은 어떤 기억이나 믿음, 집착, 판단도 없음을 의미합니다. 그러나 기억들은 완벽하지 않으며, 기억들 중 많은 부분은 당신의 조상들로부터 온 것들입니다. 실상은 당신의 생각과 다릅니다.

'정화'는 무엇을 의미하나요?

정화란 어떤 문제가 생길 때 기꺼이 100퍼센트 책임을 지고자 하는 것입니다. "미안해요, 이 문제를 끌어당기는 내 안의 것을 용서해 주세요"라고 기꺼이 말하는 것입니다. 어떤 정화의 도구든지 사용할 수 있습니다. 또 영감을 통해 자신만의 정화 도구를 얻을 수도 있습니다. 정화는 과거의 오류들을 정정해 달라고 신성에게 청원하는 것입니다. 정화는 더이상 제 기능을 발휘하지 못하는 것들, 우리가 놓아줄 준비가 된 것들을 모두 지우도록 신성에게 허용하는 것입니다. 신은 우리가 무엇을 놓아줄 준비가 되었는지 알지만, 우리는 알지 못합니다.

정화는 어떻게 하나요?

정화는 아주 간단합니다. "사랑해요" 또는 "고마워요"라는 말을 마음속으로 반복하기만 해도 실제로 정화가 이루어집니다. 하지만 이 방법이 너무나 쉬워서 당신의 지성은 한동안 이해하기 어려울 수도 있습니다. "사랑해요" 혹은 "고마워요"라고 말할 때, 혹은 호오포노포노의 도구 중 어떤 것을 이용하더라도 당신은 100퍼센트 책임을 지게 됩니다. 그때 당신은 "미안해요, 이것을 창조한 내 안의 것을 용서해 주세요"라고 말하고 있습니다.

왜 항상 정화를 해야 하나요?

아마 당신은 아무 일도 일어나지 않는다고 생각할 것입니다. 당장은 모든 일이 다 괜찮아 보입니다. 그러나 정화는 늘 이루어져야 합니다. 잠재의식의 기억들은 계속해서 재생되고 있기 때문입니다. 그것들은 멈추지 않습니다. 예를 들어, 씨디 플레이어를 생각해 보세요. 씨디가 재생되고 있더라도 볼륨을 낮춰 놓으면 아무 소리도 듣지 못할 것입니다. 마찬가지로, 우리의 기억들도 하루 종일, 일주일 내내 계속 재생되고 있지만 볼륨이 낮춰져 있어 우리가 알아차리지 못할 뿐입니다. 항상 정화를 하는 것이 중요한 이유는 이 때문입니다. 계속 정화를 하면 안 좋은 일들이 일어나는 것을 방지하게 됩니다. 당신이 얼마나 많은 문을 닫았는지, 그리고 열리지 않았을 문들이 정화로 인해 얼마나 많이 열렸는지 당신은 결코 알지 못합니다.

어떻게 하면 항상 정화할 수 있나요?

자녀들은 당신을 지켜보고 있습니다. 자녀들은 당신의 말에 귀를 기울이는 것이 아닙니다. 내면의 아이 역시 마찬가지입니다. 일단 당신이 이런저런 방법들을 찾아 돌아다니는 대신 100퍼센트 책임을 지고 호오포노포노를 실천하기로 결심한다면, 당신의 내면 아이 혹은 잠재의식은 당신을 위하여 정화를 할 것입니다. 이 일은 자동적으로 일어납니다. 내면의 아이는 호흡을 하게 하고 심장을 뛰게 하며 몸의 기능을 관장합니다. 이런 방식으로 내면 아이는 당신을 위해 자동적으로 정화를 할 수 있습니다. 그러나 다시 강조하지만, 한 마리의 말을 타야 합니다. 만일 여러 가지 방법을 함께 실천한다면, 내면의 아이는 혼란스러워져서 문제가 일어날 때 어떻게 해야 할지 알지 못하게 됩니다.

정화를 할 때 무슨 일이 일어나나요?

지성이 정화를 시작합니다. 지성은 관여하는 대신 놓아버리고 정화하기를 선택하는 우리의 일부입니다. 일단 지성이 100퍼센트 책임을 지기로 결심하면, 하와이어로 우니히피리라고 하는 잠재의식, 즉 내면의 아이에게 어떤 지시 같은 것이 전달됩니다. 내면의 아이는 우리 안의 초의식인 아우마쿠아와 연결됩니다. 아우마쿠아는 완벽하며, 우리가 어떤 것들을 놓아버릴 준비가 되었는지 알고 있습니다. 그리고 우리의 청원을 신성에게 직접 전달합니다. 이것이 기본적인 작동 원리입니다. 하지만 당신은 알거나 이해할 필요가 없다는 점을 기억하기 바랍니다. 당신은 그저 정화를 시작하기만 하면 됩니다. 그냥 정화하세요.

정화를 할 때마다, 보이거나 느껴지지는 않아도, 어떤 일이 일어납니다. 신뢰하세요. 예외는 없습니다. 당신은 어떻게 해서 그런 일이 일어나는지 알지 못합니다. 마음을 열고 아이처럼 행복하세요. 그러면 놀라운 일들이 일어날 것입니다.

정화의 결과가 나타나는 데는 시간이 얼마나 걸리나요?
정답은 없습니다. 금세 결과가 나타날 때도 있고, 시간이 더 많이 걸릴 때도 있습니다. 사람들은 당신에게 한 번 더 기회를 주기 위해 당신의 삶에 들어온다는 점을 기억하세요. 당신과 함께 사는 사람, 함께 일하는 사람들은 당신에게 정화할 것을 더 많이 안겨주는 사람들입니다.

정화를 하다 보면 어떤 상황에서도 평화로워집니다. 당신은 "얼마 동안 정화를 하면 어떤 결과가 나올 거야"라는 기대를 하지 않으며 정화를 합니다. 다른 사람들이 변하거나 떠나지 않아도 당신은 평화로울 것입니다. 돈이 있든 없든 평화로울 수 있습니다. 당신은 주변에서 무슨 일이 일어나든 평화롭기를 원합니다. 변화는 당신의 때가 아니라 신의 때에 일어날 것입니다. 하지만 그것은 완벽한 때임을 아세요.

그냥 앉아서 정화만 해야 하나요? 행동하면 안 되나요?
당신은 행동하기 이전이나 중간이나 이후에도 항상 정화하길 원합니다. 계속 정화를 하면 영감을 통해 더 많은 기회를 얻을 수 있습니다. 가슴에서 좋게 느껴지는 일을 해야 합니다. 그러나 영감에서 나온 행동을 할 때도 당신은 매 순간 정화를 하기 원합니다. 그러면 열릴 수 있는 문들에 마음을 열고 유연해질 수 있기 때문입니다. 때로는 진로를 바꾸는 것이 올바른 행동일 수 있습니다. 당신은 열리는 기회들을 알아차리길 원합니다.

어떻게 하면 기대를 정화할 수 있을까요?

기대들 역시 기억입니다. 기대들은 당신에게 알맞고 완벽한 것들을 쉽게 얻는 데 방해가 될 뿐입니다. 기대들을 놓아버리세요. 당신에게 알맞고 완벽한 것이 무엇인지 알고 있다는 생각을 놓아버리세요. 좋은 것이든 나쁜 것이든 어떤 것에 대해 기대하고 있다면, 그것을 놓아버리세요. 당신은 천진한 신의 자녀입니다. 그 존재로 돌아가세요. 기적들에 마음을 여세요.

정화를 할 때 의도를 가져야 하나요?

의도들 역시 기억입니다. 의도 역시 정화해야 합니다. 그것도 놓아버리고 자유로워지세요. 당신의 방식이 아니라 신의 방식을 따르세요.

내면 아이와의 관계가 왜 그렇게 중요한가요?

운전할 때든 줄을 서서 기다릴 때든 언제나 자신의 아이와 대화할 수 있습니다. 중요한 것은 내면의 아이에게 최대한 자주 "사랑해", "고마워"라고 말해 주는 것입니다. "내가 숨을 쉬게 해줘서 고마워, 내 몸을 돌봐줘서 고마워, 심장을 뛰게 해줘서 고마워"와 같은 말들은 내면의 아이에게 사용할 수 있는 놀라운 도구들입니다.

만일 바로 지금 어떤 무엇이 고통이나 괴로움을 일으키고 있다면, 당신은 내면 아이에게 그것을 놓아주라고 요청할 수 있습니다. 확언 같은 것으로 어떤 것을 강요하지 말고 사랑으로 이 아이와 함께하세요. 우리의 적들이란 단지 내면의 아이 즉 잠재의식에 쌓인 기억일 뿐입니다. 우리는 그런 우리의 적들을 사랑합니다. 그 적들에 저항하지 마세요. 사랑은 모든 것을 치유할 수 있습니다. 내면의 아이는 당신의 모든 기억을 담고 있으며, 몸을 움직이게 할 뿐 아니라, 당신의 초의식과 연결됨으로써 초의식과 신성으로 연결되게 하는 당신의 일부입니다. 당신의 삶에 어떤 것들을 나타나게 하는 것도 내면의 아이입니다.

당신의 내면 아이에게 말을 걸어보세요. 마음속으로 그 아이를 포옹하며 손을 잡아주세요. 얘기하는 동안 아이를 보거나 목소리를 들을지도 모릅니다. 혹은 아무 경험도 하지 못할 수 있지만, 괜찮습니다. 그냥 아무 기대 없이 얘기해 보세요.

내면 아이와 얘기할 때 당신은 실제로 정화를 하고 있는 것입니다. 달리 말하면, 자신의 내면 아이를 돌보는 것 역시 정화의 도구입니다. 육체적으로 감정적으로 놓아버리고 싶은 것들이 있거든 내면의 아이에게 사랑의 마음으로 부탁하세요. "놓아주길 원해." 언제든지 자신의 우니히피리에게 얘기할 수 있습니다. "평생 널 등한시하고 외면해서 미안해"라고 말할 수도 있습니다. 그리고 다시는 버리지 않겠다고 약속하고 안심시킬 수도 있습니다.

완벽한 파트너를 찾고 있다면 내면의 아이가 바로 그것

입니다. 내면의 아이는 당신이 찾고 있는 완벽한 파트너입니다.

어떻게 하면 자동적으로 정화할 수 있나요?

내면의 아이에게 정화의 과정을 가르치고 일관되게 호오포노포노를 실천해서 그 아이가 다른 것과 정화를 혼동하지 않도록 해야 합니다. 그러면 당신이 깜박 잊고 정화를 하지 못할 때도 내면의 아이는 정화를 계속할 것입니다. 문제가 나타날 때마다 당신이 100퍼센트 책임을 지고 정화할 것이라는 점을 내면의 아이가 분명히 알게 되면, 그 아이는 당신을 대신하여, 당신을 위해 자동적으로 정화를 할 것입니다.

100퍼센트 책임을 진다는 것은 당신이 잘못했다거나 죄를 지었다는 뜻이 아닙니다. 그것은 자기 내면에서 반복되는 기억들을 책임진다는 의미입니다.

걱정거리를 가지고 잠자리에 들면 십중팔구 정화는 어

려워집니다. 여기서 권하고 싶은 것은 "고마워, 고마워, 고마워, 사랑해, 사랑해, 사랑해"라고 말하면서 잠드는 것입니다. 분노와 걱정으로 가득 차 있거나 어떤 사람에게 화가 나 있더라도 최소한 그것들을 놓아버릴 수는 있습니다. 그리고 잠을 자는 동안에도 더 잘 정화할 수 있게 됩니다.

일상생활을 하는 중에 정화하는 것을 잊더라도 우니히피리, 내면의 아이 혹은 잠재의식이 정화하고 있다는 느낌을 종종 받을 수 있습니다. 이렇게 되려면, 문제가 일어날 때마다 당신이 100퍼센트 책임을 지고 놓아버린다는 것을 내면의 아이에게 주지시켜야 합니다.

꿈들 역시 기억이며 정화할 기회입니다. 그러니 우리가 잠을 잘 때도 내면의 아이가 정화를 하도록 하는 것은 얼마나 멋진 일인가요.

정화하고 있을 때, 정화할 것이 더 많이 나타나면 어떻게 해야 하나요?

정화하는 동안 당신은 이전에도 있었지만 인식하지 못했던 것들을 더 많이 알아채고 있습니다. 이제 당신은 더 명료해지며 더 잘 알게 됩니다. 신은 이제 당신이 정화하는 방법을 알게 되었기에 더 많은 정화의 기회를 주고 있는 것입니다.

이런 것들이 나타나는 것은 사실 축복이며, 진정한 자신이 누구인지 발견하고 성장할 기회라는 것을 기억하세요. 그것들은 시험이나 벌이 아닙니다.

"미안해요"라는 말은 누구에게 하는 것인가요?

당신의 적들에게 미안하다고 말하는 것입니다. 그 적들이란 당신의 기억들이며, 그것들은 당신의 내면에 있습니다.

어쩌면 당신은 자기 자신이나 내면의 신성에게 미안하다고 말하는지도 모릅니다. 당신은 알지 못하며 알 필요도 없습니다. 이해할 필요도 없습니다. 단지 미안하다고 말하면 됩니다. 일단 의식적인 마음 즉 지성이 놓아버리기를 선택하면 변형의 과정이 일어납니다. 우리는 무슨 일이 어떻게 일어나는지 알 필요가 없습니다. 그저 그렇게 말하기만 하면 됩니다.

정화의 문장 전체를 반복해야 하나요?

아닙니다. 각각의 도구는 그 자체로 정화의 과정입니다. 호오포노포노의 도구들에는 "미안해요, 이 상황과 문제를 창조한 내 안의 것들을 용서해 주세요"라는 문장 전체가 이미 들어 있는 셈입니다. 그러므로 "사랑해요" 혹은 "고마워요"라고 말할 때, 우리는 100퍼센트 책임을 지고 "미안해요, 이 상황과 문제를 창조한 내 안의 것들을 용서해 주세요"라고 말하는 것이나 다름없습니다.

도구들은 컴퓨터 모니터에 있는 아이콘과 같습니다. 당신은 그저 그 아이콘을 더블 클릭하기만 하면 됩니다. 그 프로그램이 어떻게 해서 열리는지는 이해할 필요가 없습니다.

세월이 흐르면서 정화하는 것이 더욱 쉬워졌습니다. 이것을 당연하게 여기지 마세요. 오늘날 우리가 이 자리에 있을 수 있는 것은 오랜 세월 많은 사람이 수많은 정화를 한 덕택이기 때문입니다.

"고마워요"라고 말하기만 해도 정화가 되나요?

그렇습니다. "고마워요"라고 말하기만 해도 정화가 되며, 정화는 그처럼 단순합니다. 12년 전 제가 처음 수업을 들을 때만 해도 정화하는 것이 그렇게 쉽지는 않았습니다. 그러나 모든 도구가 신성합니다. 어떤 도구는 너무 쉽거나 우스워 보일 때도 있지만 마찬가지입니다. 휴 렌 박사가 말하듯이, "신은 이 이상 쉬운 정화의 방법을 알지 못합니다." 정화의 도구들은 너무나 쉽지만, 그럼에도 많은 사람은 정화를 하지 않습니다. 어떤 도구를 선택하든지 당신은 다만 "미안해요, 이 상황과 문제를 창조한 내 안의 것들을 용서해 주세요"라고 말하고 있습니다.

"고마워요" 혹은 "사랑해요"라고 말할 때 진심으로 그렇게 느

꺼야 하나요?

컴퓨터에서 어떤 것을 삭제할 때 계속 미소를 짓고 있어야 하나요? 진심을 담아 그렇게 해야 하나요? 혹은 지우고 싶다는 감정을 느껴야 하나요? 물론 그렇지 않습니다. 호오포노포노 역시 마찬가지입니다. 그냥 하세요. 그저 삭제키를 누르세요.

사람들에게 소리 내어 "고마워요" 혹은 "사랑해요"라고 말해 보세요. 이렇게 하면 분명 안 좋은 문들이 닫히고 다른 좋은 문들이 열릴 수 있습니다. 그러나 호오포노포노에서는 마음속으로 말해도 똑같은 효과가 있습니다. 호오포노포노는 모든 사람에게 효과가 있습니다. 당신이 믿든 믿지 않든, 진심으로 하든 그렇지 않든 상관이 없습니다. "사랑해요" 혹은 "고마워요"라고 마음속으로 말할 때 당신은 놓아버리고 있습니다. 신성이 당신의 문제들을 돌보도록 허용하고 있습니다.

다른 사람을 위해서 정화할 수도 있나요?

문제는 당신입니다. 당신의 삶에서 고통 받는 사람이 있다면, 그것은 고통 받는 사람에 관한 당신의 기억이며 생각입니다. 정말 돕고 싶다면 그 사람에게 문제가 있는 것으로 나타나는 당신 안의 것들을 놓아버리세요. 당신은 자신이 어떤 기억을 정화하고 있는지 모릅니다. 무엇이 나타나든 100퍼센트 책임을 지고 놓아버리세요. 그것이 당신의 몫입니다.

당신은 항상 자신을 위해 정화를 하고 있지만, 자신을 위해 정화를 할 때 당신에게서 지워지는 것은 다른 사람에게서도 지워집니다. 도움이 되길 바란다면 당신과 다른 사람들의 문제를 신에게 맡기세요. 신은 더 잘 알고 있습니다.

다른 사람에게 얘기할 필요가 없는 까닭은 무엇인가요?

당신에게서 사라지는 것은 모든 사람에게서도 사라집니다. 사람들은 당신에게 한 번 더 기회를 주기 위해 당신의 삶에 들어온다는 점을 기억하세요. 설령 그렇게 보이지 않아도 그들은 당신의 스승이며 선물입니다. 얘기하는 것은 도움이 되지 않습니다. 얘기하는 것은 저항하는 것입니다. 우리가 어떤 것에 저항하면 그것은 지속됩니다. 얘기를 할 때 우리는 더 많은 기억을 끌어옵니다. 원하지 않는 것을 더 많이 끌어당깁니다. 얘기하지 않았다면 문제들은 그렇게 많지 않았을 것입니다.

놓아버리고 침묵하며 정화를 하면 영감에서 나오는 기회를 더 많이 얻게 됩니다. 그리고 우리는 결국 상대방이 정말 듣기 원했던 말을 하게 될 수 있습니다. 아니면, 우리가 아무 말 하지 않아도 우리의 정화 덕분에 상대방이 변하거나 영감을 얻을 수도 있습니다.

논쟁하고 이기려 하고 자신의 옳음을 증명하려 하는 것은 아무 효과도 없습니다. 다시 말하지만, 우리가 정화할 때 우리에게서 지워지는 것은 다른 사람에게서도 지워집니다. 이렇게 정화를 할 때 놀라운 일들이 일어납니다. 당신이 변할 때 모든 것이 변합니다. 그것들은 모두 당신의 기억이기 때문입니다.

다른 사람과 함께 정화할 수 있나요?

누구와 함께 정화를 하려 하나요? 외부에는 아무도 없습니다. 문제는 당신이며 책임은 당신에게 있습니다. 우리는 늘 다른 사람에게 어떻게 하라고 말하고 충고하려는 경향이 있습니다. 우리는 다른 사람을 도울 수 있다고 생각하지만, 책임은 바로 우리 자신에게 있습니다. 정말로 사람들을 돕고 싶다면, 신이 모든 사람을 위해 알맞은 일을 할 수 있도록 놓아버리세요. 신은 그들을 창조했고 그들에게 무엇이 알맞고 완벽한지를 알고 있습니다. 그러나 우리는 심지어 자신에게 무엇이 알맞은 것인지도 알지 못합니다.

좋든 나쁘든 모든 것은 당신에게 돌아옵니다. 당신은 사람들에게 잘못된 조언이나 정보를 주고 싶지는 않을 것입니다. 신은 우리가 허용하기를 기다리고 있으며, 우리가 다른 사람들에게 하듯이 우리의 자유를 침범하지도 않습니다. 모든 사람은 자유롭게 선택할 권리가 있습니다.

어떤 것이 알맞은 정화 도구인가요?

어떤 정화 도구를 써도 됩니다. 많은 정화 도구가 있는 이유는 우리의 취향이 다양하기 때문입니다. 자신에게 알맞게 느껴지는 것을 사용하면 됩니다. 문제가 나타날 때면 "이것을 어떻게 정화할까?"라고 물어보세요. 휴 렌 박사는 엉뚱해 보이는 대답이 떠오르더라고 그렇게 하라고 말합니다. 당신은 올바로 들었기 때문입니다. 신에게는 대단한 유머 감각이 있습니다.

자기만의 정화 도구를 가질 수 있나요?

그렇습니다. 자기만의 정화 도구를 가질 수 있습니다. 더 많이 정화할수록 당신은 제로(zero) 상태에 더 많이 있게 됩니다. 제로 상태에서 당신은 새로운 정보와 아이디어를 얻게 되고, 생각하지 않고도 이 새로운 정보에 따라 행동하게 됩니다. 문제가 나타나면 "어떻게 정화할까?"라고 물어보세요. 당신은 어떤 것을 하라는 대답을 듣거나 그렇게 하도록 안내받을 것입니다. 당신은 올바로 들었으니 그것을 실천하세요. 자신의 영감을 신뢰하세요. 당신은 내면에서 대답을 듣습니다.

영감과 직관의 차이는 무엇인가요?

영감은 새로운 정보, 새로운 아이디어입니다. 그것들은 신/우주로부터 옵니다. 인터넷에 관한 아이디어처럼 말이죠. 인터넷을 처음 생각했던 사람은 그 아이디어가 어디에서 왔는지 알지 못합니다.

직관은 반복되는 기억들입니다. 우리의 내면 아이 즉 잠재의식은 과거에 일어났던 일이 다시 일어나려고 할 때 우리에게 경고해 줄 수 있습니다.

제가 제대로 하고 있는 걸까요?

어떤 결과를 기대하지 마세요. 그저 최선을 다하세요. 신은 당신이 허용하기만을 기다리고 있습니다. 잘못하는 방법이라는 것은 없습니다. 그냥 하세요! 가장 중요한 것은 내면에 있는 것들을 기꺼이 책임지려 하고, 자신이 아무것도 모른다는 점을 알면서 기꺼이 놓아버리려 하는 것입니다.

신(사랑)은 어떤 것도 치유할 수 있습니다. 당신이 할 일은 허용하는 것입니다. 여기에는 많은 신뢰가 필요합니다. 허용하려 하면 불안하고 두려울 수도 있지만, 보거나 느끼지는 못해도 허용은 언제나 효과를 발휘합니다. 두드리면 문은 열립니다. 이것은 우주의 법칙입니다. 이 법칙은 24시간 작용하고 있으며, 휴일이라고 해서 문을 닫거나 낮잠을 자는 법이 없습니다. 신은 당신이 허용해 주기만을 늘 기다리고 있습니다. 허용하는 데는 돈도 들지 않습니다.

우리는 어떤 기억을 지우고 있는 건가요?
기억을 지우는 것은 우리가 아닙니다. 어떤 기억을 지울지 선택하는 것도 우리가 아닙니다. 감사하게도 신이 그렇게 합니다. 신(혹은 우리를 더 잘 아는 우리의 일부분)이 우리가 놓아버려야 할 것을 결정합니다. 당신은 특정한 사람이나 상황에 관해 정화한다고 생각할지 모르지만, 기억들은 거미줄처럼 서로 연결되어 있어서 하나를 당기면 모든 것이 흔들리고 움직입니다. 당신은 어떤 사람이나 상황에 관해 정화하고 있다고 생각하겠지만, 그 사람이나 상황은 단지 촉발하는 것일 뿐이며, 실상은 당신의 생각과 다릅니다.

좋은 기억을 지우고 싶지 않을 때는 어떻게 하나요?

어떤 기억이 좋다고 말하는 것은 당신의 어느 부분인가요? 그것은 판단하고 의견을 내세우는 당신의 일부분이며, 그 부분은 실제로는 아무것도 알지 못합니다. 당신은 자유롭기를 원합니다. 당신은 제로 상태에 있기를 바랍니다. 제로 상태에는 정보도 없고, 좋고 나쁨도 없으며, 옳고 그름도 없습니다. 제로 상태에서 당신은 얘기하거나 듣지 않습니다. 당신은 제로 상태에 있습니다.

당신은 자유롭기를 원합니다. 무엇은 지우고 무엇은 지우지 않을지를 결정하는 것은 당신이 아닙니다. 신은 항상 당신에게 완벽하고 알맞은 것을 가져다줍니다. 그것이 무엇인지 당신은 알지 못합니다. 좋은 것도 놓아버리고 나쁜 것도 놓아버리세요. 스스로 자유로워지세요.

신에게 바로 기도할 수 있나요?

지성은 신과 직접 소통할 수 없습니다. 청원은 어머니(의식/지성)에서 나와 내면 아이(잠재의식)로 내려갔다가 아버지(초의식)로 올라간 뒤, 최종적으로 신성까지 올라갑니다. 지성은 신에 관해 알지 못하며 신을 본 적도 없습니다. 내면 아이가 신과 연결되게 한다는 점을 기억하세요.

정화는 당신에게 알맞고 완벽한 것을 가져오도록 신에게 요청하는 길이며 허용하는 길입니다. 어떤 방법으로 요청을 하든, 설령 당신이 신과 직접 얘기하고 있다고 생각하더라도, 당신은 늘 내면 아이를 거치고 있습니다. 내면 아이는 신과 연결해 주는 존재입니다. 놓아버리고 신에게 맡기도록 내면 아이에게 부탁할 수도 있습니다. 내면 아이는 이해합니다.

왜 저의 고통을 사랑해야 하나요? 암에 걸린 것도 사랑해야 하나요?

우리가 어떤 것에 저항하면 그것은 지속됩니다. 고통은 때로 긍정적인 것이 될 수 있습니다. 어쩌면 당신은 고통으로 인해 기억들을 놓아버리고 있는지도 모릅니다. 몸은 기억들입니다. 정화를 할 때 우리는 고통과도 평화롭고 암과도 평화롭기 위해 정화합니다. 고통을 없애기 위해 정화하는 것이 아닙니다. 그것은 기대일 뿐입니다. 사랑은 모든 것을 치유할 수 있습니다. 암에게 "사랑해"라고 말해 보세요. 그것이 놓아버림의 길입니다. 신은 우리가 무엇을 놓아버릴 준비가 되어 있는지, 무엇을 치유할 준비가 되어 있는지 알고 있습니다. 그것이 아름다운 점입니다.

계획을 세우고 목표를 정하는 것은 어떤가요?

당신은 자신에게 알맞은 것이 무엇이며 언제 그것을 당신에게 가져다주어야 한다고 신에게 지시하기를 원하나요? 신은 당신의 하인이 아닙니다. 계속 계획하고 목표를 세우더라도 당신을 위해 그렇게 하고 놓아버리세요. 도중에 열릴 수 있는 다른 길과 문들에 마음을 여세요. 당신은 그것들을 놓치고 싶지 않을 것입니다.

확언은 어떤가요?

확언은 신을 하인으로 여기며 신에게 지시를 내리는 것입니다. 그렇게 하는 이유는 자신에게 알맞고 완벽한 것이 무엇인지 안다고 생각하기 때문입니다. 호오포노포노에서 정화는 더 잘 아는 신이 당신에게 알맞고 완벽한 것을 가져다주도록 허용하는 것입니다. 당신은 신에게 어떻게 하라고 요구하거나 방해가 되기를 원하지 않습니다. 또한 확언은 내면의 아이에게 강요하는 것이기도 합니다. "난 행복해, 난 행복해"라고 반복하는 말을 들을 때 내면 아이는 그것이 거짓말이라는 것을 알고 있습니다.

시각화는 어떤가요?

시각화 역시 신에게 보내는 명령입니다. 신은 당신이 어떤 도구를 사용할 때도 창조하는 존재입니다. 만일 당신이 신의 작업, 신의 창조와 변형을 볼 수 있다면, 그것은 당신에게 좋은 일입니다. 그러나 당신은 그 일을 하는 존재가 아닙니다. 당신이 할 일은 단지 얘기하고 정화하는 것뿐이며, 그 일이 일어나게 하는 것은 바로 신입니다. 신은 당신을 위해 완벽하고 알맞은 일은 무엇이든 하는 존재입니다. 하지만 어떻게 해야 하고 어떤 결과를 내야 하며 어떤 색깔을 사용해야 한다는 지시를 받을 필요는 없습니다. 다시 말하지만, 확언이나 시각화는 신에게 지시를 내리는 것입니다.

예를 들어, "고마워요"라는 도구(그냥 마음속으로 "고마워요, 고마워요, 고마워요"라고 반복하는 것)를 이용하여 정화를 할 때, 신은 당신이 그 말을 할 때마다 매번 다른 무엇을 할지도 모릅니다. 신은 그 순간에 당신에게 가장 알맞고 완벽한 것이 무엇인지를 알고 있기 때문입니다. 시각화를 하는 대신, 그냥 "고마워요"라고 말하기만 하면 됩니다. 신이 신의 일을 할 수 있도록 놓아두세요.

존재의 목적은 무엇인가요?
우리는 잘못을 바로잡고, 자신이 아닌 것들을 놓아버리며, 진정한 자신을 발견하기 위해 여기에 있습니다. 놓아버리고 기억을 지워갈수록 우리는 진정한 자기 자신을 되찾게 됩니다. 우리는 돈을 벌거나 어떤 인간관계를 맺기 위해 여기에 있는 것이 아닙니다. 우리는 정화하고 우리 자신이 되기 위해 여기에 있습니다. 당신이 진정한 자신으로 회복될 때 다른 모든 것은 자연스럽게 따라올 것입니다.

호오포노포노와 시크릿은 같은 것인가요?
시크릿에서는 원하는 것을 신에게 말합니다. 신에게 주문을 합니다. 그런데 시크릿 역시 우리가 자신의 모든 생각을 알아차리고 있으며 우리에게 알맞고 완벽한 것이 무엇인지 스스로 알고 있다고 가정합니다.

호오포노포노에서는 신이 우리를 인도하도록 맡깁니다. 신에게 어떻게 하라고 요구하는 대신, 신이 우리를 안내하도록 허용합니다. 호오포노포노는 오직 신만이 우리에게 무엇이 가장 알맞고 완벽한지를 알고 있다고 말합니다.

우리는 초당 겨우 15비트의 정보만을 인식할 수 있다는 사실을 깨닫는 것이 중요합니다. 우리는 초당 11,000,000비트의 정보를 인식하지 못하는데, 그것은 마치 (앞에서 예로 든)

볼륨이 낮춰져 있는 씨디 플레이어에서 재생되는 씨디들과 같습니다. 확언을 할 때는 인식되는 15비트의 정보만을 조종하고 있을 뿐입니다. 반면 그 배경에는 11,000,000비트의 정보들이 재생되고 있습니다. 호오포노포노는 11,000,000 비트에 작용하며, 아무런 노력이 들지 않습니다.

즐겁게 이 책을 읽으셨기를 바랍니다.

깨어서 항상 호오포노포노 정화를 하는 것이 중요하다는 것을

다시 한 번 기억할 필요가 있습니다.

우리는 배운 것을 내려놓고 다시 배울 필요가 있습니다.

때문에 이 책을 몇 번이라도 반복해서 다시 읽기를 바랍니다.

읽을 때마다 새로운 것을 발견하게 될 것입니다.

왜냐하면 당신은 매 순간 새로워지고 있기 때문입니다.

아무런 기대 없이 실천하고 실천하고 또 실천할 때,

당신은 마법을 경험하며, 결과들을 보고, 더 행복해지고,

평화를 발견하고, 자유로워질 것입니다.

신의 축복이 당신과 함께하기를.

감사의 말

다음은 내가 감사드리고 싶은 분들입니다.

하느님께,
당신의 인내와 사랑에 감사드립니다. 제가 알아차리지 못할
때도 항상 저와 함께 해주심에 감사드립니다.

이하레아카라 휴 렌 박사님께,
제게 영감을 주시고, 스승이 되어 주시고, 기회가 되어 주심
에 감사드립니다. 당신의 모든 가르침에, 인내하고 기다려 주
심에 감사드립니다. 이 책은 지난 4년간 휴 렌 박사께 배운 모

든 것의 결과물입니다.

카마일레라올리 아이 라파로비치에게,

그녀의 지혜와 인내, 헌신에 감사드립니다.

나의 재단(The Foundation of I, Inc)에,

제공해 준 많은 자료와 봉사, 지원에 감사드립니다.

토니 로즈에게,

긍정적인 지원과 제안에 감사드립니다. 그는 제가 진행하는
라디오 쇼에 대한 굉장한 반응을 듣고서 이 책을 쓰라고 조언해
주었습니다. 그 순간 이 책을 완성하는 것이 얼마나 중요한 일
인지를 깨닫게 되었습니다.

베티나 레포포트에게,

제가 현실 감각을 잃지 않도록 늘 도와주심에, 그리고 저의
아이디어와 계획들을 다시 살펴보고 검토할 수 있게 해주심에
감사드립니다.

마리아 메이어에게,

그녀는 이 책을 첫 번째로 편집해 주었습니다. 그리고 이 책이 도움이 되었다는 말로 제게 용기를 주었습니다.

페르난도 고메즈에게,

경험에서 우러난 격려의 말에 감사드립니다.

다이애나 벨로리에게,

균형 잡힌 사고와 명쾌함에 감사드립니다. 그녀는 모든 조각을 모아 퍼즐을 완성해 준 유일한 사람이었습니다.

어머니에게,

이 세상에 나올 기회를 주신 데 대해 감사드립니다. 제 삶의 모든 계획과 결정, 큰 변화의 시기에 항상 저를 지지해 주셨습니다.

마리타 아틀라스와 훌리오 루블리너맨에게,

제게 놀라운 성장을 가져다준 통찰력이 있는 책들을 추천해

준 데 대해 감사드립니다.

알레한드로 카즈에게,

가족에 대한 그의 사랑과 헌신에 감사드립니다. 당신은 저를
지금 이 자리에 있게 해주었습니다.

엘린 레이드에게,

이 책이 나올 수 있도록 매 순간 전문 지식으로 도움을 주었
습니다. 감사드립니다.

모든 분께,

나와 함께하거나 함께할 모든 분께 감사드립니다.

고맙습니다. 정말 고맙습니다.

하와이 원주민들의 문제해결 방식이었던 호오포노포노가 대중적으로 알려진 계기는 2006년에 조 바이텔이 자신의 블로그에 쓴 '신비한 하와이의 치유사'라는 짧은 글을 통해서였습니다. 하와이 주립 정신병동에서 진료나 상담 없이 오직 환자들을 판단하는 자신의 기억들을 정화함으로써 환자들을 치료한 휴 렌 박사의 이야기가 메일과 블로그 등을 통해 사람들에게 폭발적으로 알려졌고, 이후 조 바이텔은 《Zero Limits》(한국에서는 《호오포노포노의 비밀》이란 제목으로 출간됨)라는 책을 통해 호오포노포노를 알아가는 자신의 여정을 소개하기도 했습니다.

이 책의 저자인 마벨 카츠는 호오포노포노가 대중적으로 알려지기 훨씬 전인 1997년에 '신비한 하와이의 치유사' 휴 렌 박사에게 직접 호오포노포노를 배운 뒤, 휴 렌 박사와 함께 다양한 세미나를 진행하며 호오포노포노를 생활 속에서 실천해 왔습니다. 특히 2008년부터는 자신의 직업인 회계사 일을 정리하고 전 세계를 돌며 강연과 세미나를 통해 사람들에게 직접 호오포노포노를 알리고 있습니다. 《호오포노포노의 비밀》이 호오포노포노를 알아가는 입문서라면, 《사랑과 평화의 길, 호오포노포노》는 오랜 기간 호오포노포노를 실천해 온 저자의 경험과 통찰이 녹아 있는 호오포노포노의 실천서라고 할 수 있습니다.

흔히 사람들은 자신이 원하는 것을 얻으려면 무엇인가를 '해야 하며' 자신에게 필요한 것이 무엇인지 알고 있다고 생각합니다. 하지만 호오포노포노는 무엇을 더 하는 것이 아니라 하지 않는 것에 가깝습니다. 이것은 마치 브레이크를 밟은 채 액셀레이터를 더 밟는 것이 아니라, 자신이 브레이크를 밟고 있음을 이해하고 그 발을 떼는 과정이라고 할 수 있습니다.

마벨은 내가 정화하는 것이 아니라 나는 정화를 선택할 뿐이며, 이 과정을 통해 자신에게 가장 알맞은 것을 허용할 수 있는, 모든 것이 이루어지는 무한한 가능성의 장이 열린다고 말합니다. 신성은 우리가 상상하는 것 이상의 것들을 우리를 위해 준비하고 있고, 그것들을 우리에게 줄 수 있도록 우리가 허용하기만을 기다리고 있습니다. 그것을 허용하는 방법은 자신의 기억들을 온전하게 받아들이고 정화를 선택하는 것입니다. 온전한 이해와 책임으로 자신의 기억을 정화할 때 주변이 자연스럽게 가장 알맞은 방식으로 변해가는 것이 호오포노포노의 아름다움입니다.

《사랑과 평화의 길, 호오포노포노》는 마벨이 호오포노포노에 관하여 쓴 첫 번째 책입니다. 마벨의 책이 아름답게 빛나는 이유는 단순히 호오포노포노에 관한 정보를 전하는 것뿐 아니라, 그녀가 스스로 오랫동안 호오포노포노를 실천하면서 얻은 통찰과 영감의 메시지가 따뜻하고 명료하게 녹아 있기 때문일 것입니다. 마벨은 열정적이지만 간결한 문장으로 호오포노포노를 쉽게 풀어내고 있습니다. 이 책은 《가장 쉬운 길(The Easiest Way)》에 그녀가 전 세계를 돌며 받았던 공통적인 질문들에 대한 명쾌한 답변들이 추가된 특별판입니다. 모쪼록 《사랑과 평화의 길, 호오포노포노》가 호오포노포노를 이해하고 실천하며 '가장 쉬운 길'에 이르는 데 도움이 되기를 기원합니다. 고맙습니다.

_ 박인재

지은이에 관해

마벨 카츠는 평생 지속될 영감을 불어넣으며, 삶을 변화시
키고 지속적인 결과들을 낳게 하는 도구들을 제공한다. 그
녀가 전하는 영감들은 사람들의 중심, 그들의 영혼에까지
도달한다. 많은 사람은 그녀가 자신의 삶을 영원히 변화시
켰다고 말한다.

마벨은 고대 하와이의 기법인 호오포노포노에 관한 최고
의 권위자로서 국제적으로 인정받고 있다. 그녀는 호오포
노포노의 마스터인 이하레아카라 휴 렌 박사에게 20년 동
안 호오포노포노를 배우며 함께 연구했다. 호오포노포노의
본질은 단순하다. 놓아버리는 것, 신에게 맡기는 것이 그것

이다. 우리에게 가장 알맞고 완벽한 것이 무엇인지를 어느 누가 신보다 더 잘 알 수 있겠는가?

그녀의 책들은 영어, 한국어, 스페인어, 포르투갈어, 스웨덴어, 독일어, 프랑스어, 러시아어, 히브리어, 그리고 루마니아어로 번역되고 출간되었다.

아르헨티나에서 태어난 마벨은 1983년에 미국 로스앤젤레스로 이사했으며, 그곳에서 성공적인 회계사, 세무사, 세무상담사가 되었다. 1997년에는 자신의 회사인 'Your Business, Inc.'를 설립하였는데, 이 회사를 통해 그녀는 더욱 성공했으며 사람들과 직접적으로 일할 수 있는 능력도 더욱 향상되었다. 그녀의 회사는 기업체들이 확장하고 성장하도록 도움으로써 번창했다.

로스앤젤레스의 라틴계 커뮤니티의 스타인 마벨은 'Despertar'(깨어남)와 '마벨 카츠 쇼(Mabel Katz Show)'라는 유명한 라디오와 텔레비전 프로그램을 진행했으며, 이 프로그램을 통해 라틴계 미국인들에게 사업을 시작하거나 성장시키는 방법들을 전해 주었고 성공적인 인간관계와 재무관리를 위한 조언을 해주었다.

사업을 시작한 지 10년이 지난 뒤, 그녀는 그저 열정을 따르기 위해 자신의 성공적인 회계 법인과 토크쇼를 포기하기로 결정했다. 그녀는 이제 저자와 세미나 주최자, 강연가로 전 세계를 여행하고 있으며, 다양한 문화권과 언어권의 사람들에게 영감을 불어넣고 있다.

"삶은 내면의 일입니다. 만일 우리가 놓아버리고 내맡긴다면 삶은 훨씬 쉬워질 것입니다."

_ 마벨 카츠

부록 차례

사랑과 평화의 길, 호오포노포노

초판 1쇄 발행일 2013년 7월 25일
개정판 1쇄 발행일 2025년 1월 8일

지은이 마벨 카츠
옮긴이 박인재

펴낸이 김윤
펴낸곳 침묵의 향기
출판등록 2000년 8월 30일, 제1-2836호
주소 10401 경기도 고양시 일산동구 무궁화로 8-28
　　　삼성메르헨하우스 913호
전화 031) 905-9425
팩스 031) 629-5429
전자우편 chimmukbooks@naver.com
블로그 http://blog.naver.com/chimmukbooks

ISBN 979-11-990765-0-1 03840

＊ 책값은 뒤표지에 있습니다.